U0866911

毕淑敏散文集

带上灵魂去旅行

毕淑敏 著

北京出版集团
北京十月文艺出版社

目录

带上灵魂去旅行（代序）

人的知识永远是不完备的。他无法知道一个地区或是一个时代，是否就是空间和时间的全部。在这个意义上讲，我们每个人都是井底之蛙，所不同的只是栖息的这口井的直径大小而已。每个人也都是可怜的夏虫，不可语冰。于是，我们天生需要旅行。生为夏虫是我们的宿命，但不是我们的过错。在夏虫短暂的生涯中，我们可以和命运做一个商量。尽可能地把这口井掘得口径大一些，把时间和地理的尺度拉得伸展一些。就算终于不可能看到冰，夏虫也力所能及地面对无瑕的水和渐渐刺骨的秋风，想象一下冰的透明清澈与痛彻心扉的寒冻。

旅行，首先是一场体能的马拉松，你需要提前做很多准备。先说说身体方面。依我片面的经验，旅行的要紧物件有三种。第一，当然是时间。人们常常以为旅行最重要的前提是钱，于是就把攒钱当成旅行的先决条件。其实，没有钱或是只有少量的钱，也可以旅行。关于这一点，只要你耐心搜集，就会找到很多省钱的秘籍。如果把一个人比作一辆车，驱动我们前行的汽油，并不是金钱，而是时间。这个道理极其简单，你的时间消耗完了，你任何事都干不成了，还奢谈什么呢？或者说，那时的旅行只有一个方向，就是地心了。

第二桩物件，是放下忧愁。忧愁是旅行的致命杀手，人无远虑，乃可出行。忧愁是有分量的，一两忧愁可以化作万朵秤砣，绊得你跌跌撞撞鼻青脸肿。最常见的忧愁来自这样的思维：把这笔旅游的钱省下来可以买多少斤米多少缕菜，过多长时间丰衣足食的家常日子。将满足口腹之欲的时间当作计量单位，是曾经有用现在却不必坚守的习惯。很多中国人一遇到新奇又需要破费的事儿，马上把它折算成米面开销，用粮食做万变不离其宗的度量衡。积谷防饥本是美德，可什么事都提到危及生命安全的高度来考虑，活着就成了负担。谁若一意孤行去旅行，就咒你将来基本的生存都要打折，食不果腹衣不蔽体流落街头……别怪我说得凄惶，如果你打算做一次比较破费的旅行，你一定会听到这一类的谆谆告诫。迅疾地把诸事折合成大米的计算公式，来自温饱没有满足的农耕时代遗留下来的精神创伤。如果你一定要把所有的钱，都攒起来用于防患于未然，这是你的自由，别人无法干涉。可你要明白，身体的生理机能满足之后，就不必一味地再纠结于脏腑。总是由着身体自言自语地说那些饥饱的事儿，你就灭掉了自己去看世界的可能性，一辈子只能在肚子划出的半径中度过。这样的人生，在温饱还没有解决的往昔，是不得已而为之，甚至可能成为能优先活下来的王牌。在今天，就有时过境迁过于迂腐之感了。

第三桩事儿，是活在身体的此时此刻。此话怎讲？当下身体不错，就可以出发，抬腿走就是，不必终日琢磨以后心力衰竭的呕血和罹患癌症的剧痛。我琢磨着自己还有能力挣出些许以后治病的费用，我相信国家的社会保障机制会越来越好。我捏捏自己的胳膊腿，觉得它们尚能禁得住摔打，目前爬高上低风餐露宿不在话下。若我以后真是得了多少万人民币也医不好的重症，从容赴死就是了，临死前想想自己身手矫健耳聪目明时，也曾有过一番随心所欲的游历，奄奄一息时的情绪，也许是自豪。

我是渐渐老迈的汽车，油料所剩已然不多。我要精打细算，小心翼翼地驱动它赶路。生命本是宇宙中的一瓣微薄的睡莲，终有偃旗息鼓闭合的那一天。在这之前，我一定要抓紧时间，去看看这四野无序的大地，去会一会英辈们残留下的伟绩和废墟。

终于决定迈开脚步了，很多人有个习惯，出远门之前，先拿出纸笔，把自己要带的东西都一一列出。旅游秘籍中，传授这种清单的俯仰皆是。到寒带，你要带上皮手套雪地靴，到热带，你要带上防晒霜太阳镜驱蚊油。就算是不寒不热的福地，你也要带上手电筒黄连素加上使领馆的电话号码……

所有这些，都十分必要。可有一样东西，无论你到哪里，都不可须臾离开。那就是——你可记得带上自己的灵魂？

据说古老的印第安人有个习惯，当他们的身体移动得太快的时候，会停下脚步，安营扎寨，耐心等待自己的灵魂前来追赶。有人说是三天一停，有人说是七天一停，总之，人不能一味地走下去，要驻扎在行程的空隙中，和灵魂会合。灵魂似乎是个身负重担或是手脚不利落的弱者，慢吞吞地经常掉队。你走得快了，它就跟不上趟。我觉得此说法最有意义的部分，是证明在旅行中，我们的身体和灵魂是不同步的，是分离分裂的。而一次绝佳的旅行，自然是身体和灵魂高度协调一致，生死相依。

好的旅行应该如同呼吸一样自然，旅行的本质是学习，而学习是人类的本能。身为医生，我知道人一生必得不断地学习。我不当医生了，这个习惯却如同得过天花，在心中留下斑驳的痕迹。旅行让我知道在我之前活过的那些人，他们可曾想到过什么做过什么。旅行也让我知道，在我没有降生的那些岁月，大自然盛大的恩典和严酷的惩罚。旅行中我知道了人不可以骄傲，天地何其寂寥，峰峦何其高耸，海洋何其阔大。旅行中我也知晓了死亡原不必悲伤，因为你其实并没有消失，只不过以另外的方式循环往复。

凡此种种，都不是单纯的身体移动就能够解决问题的，只能留给旅行中的灵魂来做完功课。出发时，悄声提醒，背囊里务必记得安放下你的灵魂。它轻到没有一丝分量，也不占一寸地方，但重要性远胜过GPS。饥饿时是你的面包，危机时助你涉险过关。你欢歌笑语时，它也无声扮出欢颜。你捶胸顿足时，它也滴泪悲愤……灵魂就算不能像烛火一样照耀着我们的行程，起码也要同甘共苦地跟在后面，不离不弃，不能干三天停一天地磨洋工。否则，我们就是一具飘飘荡荡的躯壳在蹒跚，敲一敲，发出空洞的回音，仿佛千年前枯萎的胡杨。

甲虫冰激凌

芝加哥可真冷啊。从机场出来，寒风一拳砸了过来。真想头也不抬随便撞进哪家饭店，有热牛奶就是天堂。可惜，不行啊，按照计划，我们必须在当天晚上，赶到美国伊利诺伊州的小镇福利波特。

乘坐“灰狗”客车，在暮色苍茫的美国中部原野上疾驰。树叶红黄杂糅，现出凋零前不可一世的瑰丽。广阔的土地，远处有高大的谷仓……

从青年时代起，每当我面对巨大场景的时候，就有一种轻微的被催眠的效果，好像魂飞天外，被一种超自然的力量所震慑。我会感到人是这样的渺小，时间没有开始又没有终极，自我只是一个微不足道的点，在太阳的光线之下蒸发着……我在西藏的时候，常常生出这种感念，这次，是在美国的旷野，突如其来地降临了这种久违了的感受。我就想，每个人的历史，如同嗜血的蚂蟥，紧紧地叮咬着我们的皮肤，随着我们转战天下。也由此，我深深地记住了伊利诺伊州的黄昏。

我们乘坐玛丽安夫妇的车，到达岳拉娜老人家的时候，天已黑得如同墨晶。

在黑黝黝的背景下，老人的窗口如同一块蛋黄晕出轮廓，花园的树丛像一只只奇异的小兽，蹲着，睡着。玛丽安夫妇把我们放在花园小径的入口处，就告辞了。

家中有孩子，在等着我们做晚饭。他们说。

我本来以为同是一个镇子的乡亲，玛丽安夫妇接到了我们，把我们平安送到了岳拉娜老人家，他们之间会有一个短暂的交接仪式，把我和安妮像接力棒似的传过去。但是，没有，他们的车在黑暗中远去，留下我们在一栋陌生的房屋门口。

岳拉娜是一位有趣的老人，她已经87岁了。这是车开动以后，玛丽安留下的最后一句话。

天哪，87岁！真是一个很老很老的年纪了。我甚至在想，都这样大的年纪了，为什么还愿意招待外国人？怀揣着疑惑，拖着行李箱，我们走到这栋别墅式住宅的门口。在电影中，此时的经典镜头是双扇门砰地打开，灯光泻出，好客的主人披着屋里的暖风和光芒迎了出来，热情的话语敲击耳鼓……但是，没有。也许是因为车子停靠的地点比较远，也许是老人家的耳朵比较背，总之，当我们以为房门会应声而开的时候，房门依然紧闭。

寂静中，有一点凄凉，有一点尴尬。很久以来，可以说自从踏上美国土地的那一刻开始，我就在等着这一次的经历。在普通的美国人家中度过几天，是令人神往和想入非非的。在介绍行程的册子上写着，岳拉娜老人是一位农民，于是我想到了黄土高原的老大娘和无边无际的金玉米，虽然我知道这会是完全不同的场景。

有100种想象，就是没想到在漆黑的夜里，站在陌生人家的门口，等待着叩响无言的门扉。

安妮轻轻地敲打着门。可能是太轻了，没反应。安妮加重了一点手指的力量。门开了。

岳拉娜是一位驼背的老奶奶，穿着粉红色的毛衣，下身是果绿色的裙子，看得出，老人家为了我们的到来，是专门做了准备的。她的目光有一点严厉，和安妮的寒暄也不是很热情，虽说语言不通，但我也看得出，她有些不满，甚至是在责备我们。

安妮笑笑对我说，她说我们到得太晚了，她在为我们担心。晚餐早就做好了，她一直在等我们，都快睡着了。

我立刻从这种责备中，感到了家的温暖。是啊，从小，当我们玩得太晚回家的时候，你还指望着在第一时间得到的是温暖的问候吗？通常的情况下，你收获的肯定是责备。唯有这种责备，才使你得到被人惦念的感动。

老人用极快的速度端出了晚餐，看来，她是个身手麻利的人。首先映入眼帘的是一盆深红色的豆子汤，汁液内有若干的漂浮物，看起来黏稠而复杂。安妮问，这是什么煮成的？

岳拉娜老奶奶正在操作的手被问话打扰，有些不耐烦地说，这是豆子汤。

安妮询问的积极性并未受到打击，我知道她是为了我。让我能更多地了解到美国普通民众的生活，包括他们的食谱。于是，安妮锲而不舍地问，豆子汤是怎么做出来的呢？

老奶奶露出不胜其烦的样子回答道，就是用豆子，红豆子煮的呗。里面要加上猪肝和鲜肉，要煮很长的时间。

到底要多长时间呢？安妮问得真详细，叫人疑心她以后也要依样画葫芦地烧一碗豆子汤。

老奶奶看来是被这样的穷追猛打闹得无计可施，只好放下手里的盘碗，认真地想了一下回答道，要煮8个小时。如果你没什么事，不妨煮上一天。时间越长越好吃。

好了，问到这里，算是告一段落了。安妮不易察觉地向我使了一个眼神，意思是——关于这道汤，咱们是明白了。

我点点头。我不想让老奶奶觉得安妮是一个弱智的孩子，我知道安妮这是为了让我多一些感性的知识，我愿和安妮同甘苦共患难。于是，我带着夸张的表情说，8个小时，甚至还要多！这是很难做的汤啊！

没想到老人家一点也不领情，撇撇嘴说，有什么难做的？普通的汤而已！

我和安妮意识到，在这样一位历经沧桑的老人面前，最好的尊重就是封起嘴巴，睁大眼睛，竖起耳朵。

主食是老奶奶自家烤的香蕉夹心面包。非常香甜，好吃极了。

我和安妮埋头吃饭喝汤。一是饿了，二是不知这倔老太太爱听什么，依目前的情况来看，我们埋头吃饭，就是令她最高兴的事了。

饭后上的甜点，是老人自己做的红草莓冰激凌。在晶莹的冰激凌碗里，我一眼看到一个红黑相间的甲虫。它甚至还是活的，虽然被寒冷和糖分腌得萎靡不振，但从冰箱来到了温暖的餐桌，在明亮的灯光照耀下，渐渐地恢复了生机，收敛的翅膀也扇叶般地张开了。

一个甲虫。安妮眼尖，最先发现，叫了起来。

我也看到了，小声重复着——一个甲虫。好像，是瓢虫。

岳拉娜老奶奶说，是的，肯定是瓢虫。虽然我看不清，可我知道它是瓢虫。红草莓是我从自家的花园里摘的，下午才摘的，很新鲜。在草莓的叶子里，经常有瓢虫。还有一些不知名字的虫子。我的手，就在摘草莓的时候，被虫子蜇伤了。

老人说着，把她布满老年斑的手伸到我们面前。那一刻，我和安妮无言，连礼貌性的惊诧和同情，都忘了表达。一只苍老的手，手背处红肿得像个小面包。为了远方的客人，老人家从早上就开始煮红豆汤，下午又到花园里摘新鲜的草莓。

这个瓢虫是可以吃的。老人没注意到我们的感动，颤巍巍地把瓢虫送到嘴里。我想，这种吃法一定来自一个世纪以前。

饭后，老人领着我们参观她的家。这是她花了两万美元买下的拥有租住权的老年公寓。也就是说，只要她在世，就可以住在这所房子里。如果她感到自己需要人照顾了，就可以付出较多的费用，搬到有专人护理的楼舍里。如果她的身体进一步衰退，就要住到老年医院里去，一天24小时都有医生护士照料。当然费用也就更高了。在老年中心居住的老人，只拥有房屋的使用权，如果他不幸去世了，房屋就由老人中心收回，老人的家属和后人不再享有房屋的继承权。

客厅很大，有专属于老年人的那种散漫的混乱和淡淡的陈旧的气息。在客厅最显眼的一面墙壁上，挂着很多盘子。

这是我年轻周游世界的时候买的。每到一个地方，就会买一个那里的盘子。每当看到这些盘子，我就好像又到了那些地方。岳拉娜老奶奶一边指点着，一边很自豪地说。

我看到了北美风格、南美风格、欧洲风格和亚洲风格……还有不知是哪里风格的盘子，它们挂在墙上，好像很多眼睛，眨着不同的风情。

你看，我还有一枚中国的印章。那是我在上海刻的。你可以告诉我，它在汉字中是什么意思吗？老奶奶说着，拿出一个锦缎的小盒，小心翼翼地打开来。

我看到了一方并不精致的印章，刻得很粗糙，石料也不名贵，总而言之，是在旅游旺地小摊上常见的那种简陋蹩脚的货色。看到老人那么珍爱的神情，我也显出毕恭毕敬。

这是什么意思？老人指着“岳”字。

这是山峰的意思，高高的山峰，我说。

哦，山的意思。那么，这个呢？老奶奶又指着“拉”字。

我沉吟了一下，觉得这个“拉”字，实在是不易解释。就算我勉为其难地做出一个动作，解释了“拉”，但马上她又要问起“娜”，我可就真的说不上来了。看着老人求知若渴的样子，我可不敢扫了她的兴。这样想着，我就说，在汉字里，有一些字是必须连起来用的，不可以分开。您的名字中的“拉娜”这两个字，就是这样的。它们连起来的意思就是——美丽的女孩。

美丽的女孩？岳拉娜老奶奶重复着，重复着。

我说，对了，就是这个意思。您的名字整个连起来念，意思就是——站在高高的山上的美丽的女孩。

我说完，看着安妮，给她一个清晰的眼神。安妮，你可千万别揭穿我的解释。

安妮低下头，我看到她在悄悄地笑。

这真是很有意思的名字。好啊，我很喜欢我的名字的中文意思。我要把它告诉我的好朋友。岳拉娜老奶奶心满意足地说。

老人蹒跚着，指给我们看卧室和卧具。两张并排的单人床，好像幼儿园大班小朋友的宿舍。床上铺着雪白的绣花床单，熨得平板如铁，好像用米汤浆过。

这是60年前的床单了。我那时刚刚结婚。一下子就买了两条，一直用到了现在。

我和安妮熄了灯。在黑暗中，我对安妮说，我从来没有在一条有着60年历史的床单上睡过觉。

安妮说，不知我们会做好梦还是做噩梦？

我想会是好梦吧？

那一夜，睡得很沉，什么梦也没有做。早上醒来，天空把空气都染蓝了，岳拉娜老奶奶要带着我们到教堂去。

她把车库的门打开，开出一辆墨绿色的捷达车。老奶奶穿了一套杏绿色带条纹的羊毛衫裙，很高兴地发动了车。

我这辈子还从未坐过一位87岁的司机的车。我悄声问安妮说，这么大岁数的司机，还让上路啊？

安妮说，你是不是不放心？没事的。我昨天同老奶奶聊天，得知她已在这镇子上住过几十年，所有的路，她闭着眼睛也开得到。再说了，我估计所有的村民们都认识这辆绿色捷达，看到老奶奶来了，都会让她三分的。

教堂很近，但车走得很吃力。安妮悄声对我说，老人家的手刹一直拉着，没放下。安妮是一个非常优秀的司机，对这种情形简直骨鲠在喉。我要告诉老人家。安妮说。

我说，不可。

安妮说，为什么？这样对车是很大的磨损，而且也不安全。

我说，你刚才不是说过了吗？在这样萧条的小镇上，是不会有什么危险的。如果你说了，老人会不高兴的。不如你找个机会，悄悄地帮她拉起手刹。

安妮说，我还是要告诉她。我已经闻到橡胶的煳味儿了。

于是，安妮就对岳拉娜老奶奶说了关于手刹的事。果然，老奶奶没有一点感谢的意思，气呼呼地说，我的手刹没问题。然后，她就很生气地继续向前开车。

安妮不再吭声。我对安妮说，一只老母鸡哪里肯听一只鸡蛋的教训？这下你明白了吧？

安妮说，可我明明是为了她好。

我说，为了她好，就让她感到高兴吧。手刹不拉起来，当然是不好，可是你告诉了她，手刹还是没拉起来，老人家还很生气。你想想吧，究竟怎样更好？

安妮说，你这样一讲，我就把另一句到了舌头边的话，压回去。

我说，怎样的一句话？

安妮说，我看到岳拉娜老奶奶的羊毛衫背后，有一片污迹，好像是洒的菜汤。说还是不说？我决定不说了。

我说，安妮，我赞成你把这句话压回去。老人家的眼睛实际上已经看不到这样的污迹了。在她的眼睛里，杏绿色的羊毛衫是很美丽的。她很想在我们的眼中也是美丽的。我们就帮她维持住这样的想象吧，这也许是比说出真相更难达到的关切。

这样嘀咕着，乡村的小教堂已经到了。

大家穿得都很漂亮，教堂里弥漫着温暖的气氛。牧师在一系列的宗教仪式之后，说，在过去的一周里，谁家有亲人生病或是逝去，或者是自己的伤感和悲痛的事件，都可以在这个场合与大家分享哀伤……

我看到身边的岳拉娜老奶奶跃跃欲试。我有点奇怪，从昨天到今天，老人家的情绪一直很正常，她有什么伤心事呢？

果然，牧师的话刚落，岳拉娜就猛地站起来，动作之敏捷和她的年龄都有些不相称了。全场的目光聚向她。她深吸了一口气说，我有一件事要向大家报告，我的家里来了两位客人。她们是东方人，是从遥远的中国来的……

老人讲得很是得意，但全场有一些骚动。因为众人的心理是预备听到一个忧郁的信息，但岳拉娜老奶奶实在是喜气洋洋的。

老奶奶一边说着，一边示意我和安妮站起身来，向全场人们打个招呼。我们站起来，向大家微笑。

稍有一点尴尬。我猜，老奶奶一定是从走进教堂的那一刻，就期待着站起来报告自己家中的事情。她根本就没听到牧师的话，不知道自己现在有点不合时宜。

现场安静了片刻，大概大家也需要一点时间调整情绪。好在人们很快就把肃穆的表情变成了笑脸，回应着我和安妮。

然后大家为海地的饥民捐款。礼拜过后，在教堂的小图书室里，还有一个小小的活动。

对正在放映的一部关于死亡的专题片发起讨论。大家围着一张橡木长桌子坐着，桌上摆着几碟香喷喷的小点心。我发现在讨论开始的时候，没有人吃这些点心。当讨论到某一个话题的时候，大家都不由自主地吃起点心。我知道，那是这个话题引起了众人普遍的焦虑。

今天讨论的题目是“死亡是一关”。

在美国，正在发起“进一步了解死亡”的运动。随着现代社会的发展，死亡被隔绝在白色围罩的医院里面，死亡变得神秘和恐怖以及不可思议。因为技术的发达，使死亡的过程变得漫长，使人们在死亡面前反倒丧失了尊严。人们需要优雅宁静的死亡空间，这最好就是在家里。

这部电视专题片，说的就是怎样死在家里。有人说，美国人是一个非常怕死的民族，因为这里无灾、无饥，也无战争，死亡好像很遥远。大家害怕死亡，不愿看到死亡，就把死亡封闭起来。现在，美国人勇敢了，把死亡从白色的囚笼里放了出来，在光天化日下讨论。

一个男人说，死亡对财富和精神，都是巨大的打击。

听的人频频点头。我觉得这是一个很有趣的说法。这句话的主语是什么呢？想必不是指那个死去的人。他已经不在了，无所谓精神还是财富。那么，这句话指的就是活着的人了。死亡对精神是巨大的打击，我可以理解。但是，对财富……我就有些不大明白了。

另一个人说，死亡时，最重要的是要让人们知道爱。无论是那个即将死去的人，还是活着的人，都要知道，有人爱着我们，我们的爱也已被接受。

讨论的形式是看一段录像，大家交谈一番。专题片上出现了一个濒临死亡的人，可能是忍受不了疾病的痛苦折磨，或者是被无望的等待煎熬得心烦，他对前来看望他的医生说，我为什么还不死呢？快让我死了吧！

看到这里，我有点替那个医生着急。面对这样的病人，你该如何回答呢？安慰吗？故意说些乐观的话？顾左右而言他？似乎都不是好办法。如果我在现场，无奈之中也许会佯装未曾听见，转身就走。但我知道，濒临死亡的人有一种属于死亡的智慧，你骗不了他。

正心焦着，听见屏幕上的医生和颜悦色地对濒死之人说，你的时间还没有到。到了时间，你会死的。

我以为那个病人会痛苦，没想到他反倒安静了。

到了下一个镜头，那个人就要死了。他的至爱亲朋围着他的病床站了一圈。每个人轮流着低低地对他说着什么。

我悄声问安妮，他们对他说什么？

安妮说，他们在给他讲故事。

我说，是关于死亡的故事吗？

安妮说，不是，是关于爱的故事。

后面的镜头，就是那个人死了。他的家人把他的骨灰撒到芦苇中。一边撒，一边念叨着：你从这里来，你还到这里去吧。

专题片最后表达的主旨是，死亡的人和他的家庭，都需要帮助。死亡的人去了，但生活依旧在继续。镜头上，前面出现过的那位医生，又到死者的家中去了。在沙发上，以前出现过死者和医生谈话的情景，现在，一切依旧，只是那个人不在了。画面变幻出某种模糊的镜头，在沙发的那一头，死者微笑着坐在那里，瞬间又不见了，只剩下枯寂的沙发。但是，生活还在继续着，可以看到，他的家人已经逐渐从悲哀中走了出来。

这不是一个轻松的节目。由于电视的直观性，死亡变得更清晰和没有距离感。我觉得观看的人心情很不平静，但大家都很努力地看着，思索着。

安妮说，毕老师，这一路，我们似乎总是离不开死亡的话题。有的时候，我真的感到承受不了。想跑到大街上，在阳光下，呼吸正常的空气。

我说，是啊。我也有这种窒息的感受。死亡原本是很正常的事情，正是我们把它弄得不正常，这是普遍的过错。现在要开始纠正它了。

从教堂出来，时间已经不早了，岳拉娜老奶奶征询我们到哪里吃午餐。有两个选择，一是回家，她给我们做午餐；一是到老年中心，吃老年人的聚餐，饭票是6.25美元。

我和安妮选择了后者。让一位87岁的老奶奶做饭给我们吃，心里的不安宁可以把可口的菜肴变成对胃的压迫。况且我也非常想知道老年中心的饭菜究竟怎样。

餐厅充满了粉红、嫩绿、湖蓝、奶黄等娇俏的颜色，还有许多有趣的小玩意儿，让人一点也不感到衰败和颓唐。老人们陆续到了，大家围坐在长方形的餐桌旁，盛菜的盘子在众人之间传递着。

盘子里有：黄油、饼干、面包、猪排、炒豆角、煮甜萝卜、炸红薯、蓝莓派等。

营养是足够，味道实在不敢恭维。不管是什么主料作料，都是黏黏糊糊一派混沌，比起中餐的色香味俱全来说，天上地下。端盘子的是一个身材高大到你可以怀疑他是篮球中锋的青年，两只眼睛的距离较一般人要远些。盘子在他手中，仿佛都是纸片。他的笑容很单纯，初看之时，充满天真。看得多了，就觉出刻板。安妮小声对我说，他是一个智障青年。

我说，那为什么让一个残疾人来服侍老年人？

安妮说，在美国，人工是很贵的。服侍老年人，也不是非常复杂的工作，经过训练，智障人士也可以学会日常操作，而且他们会非常尽职尽责，热爱这份工作，这不是各得其所吗？

我知道对于纯粹的美国饭，最好的摄入状态是半饥半饱。照这个标准来说，我这顿饭吃得不错。

饭后，岳拉娜老奶奶载着我们在镇子里游荡。我之所以说游荡，是因为老人家并没有一定之规，开着开着一个急刹车，原来路口正是红灯，她没有看到。吓得我们赶紧把安全带绑得紧紧的。

在小镇的博物馆里，我看到很多妇女缝制的工艺被子。很像我们的百衲衣，由很多碎布拼接而成。只不过那些碎布不是从一家一户那里讨来的，而是把现成的好布剪碎，再千针万线地缝缀起来，真是辛苦异常。

岳拉娜老奶奶问我，你猜，缝制一床这样的被子要多长时间？

看着她很希望我猜不出来的眼神，并且判定我必然犯下猜的时间偏短的错误。我决定不能让她得逞，显出我不具备常识，就拼命把时间猜长一些。

每天缝制多长时间呢？为了胜券在握，我先要把标准工作日的时间搞清楚。

8个小时吧。其实，这活儿一干起来，就会上瘾。一有空就会趴在案上缝制。不过，我们就按每天8小时算好了。岳拉娜老奶奶说。

那么，需要一个月。我指着一床看起来花样最繁复的被子说。

话一出口，我就从老奶奶得意的笑容上，知道我的答案覆没了。

一个月？你想得太简单了。告诉你吧，像这样一床花被，没有三到四个月的时间，是断断做不出来的。岳拉娜老奶奶很权威地说。

我相信她说的是真的，可我想说，美国妇女的手艺是否笨了一点？我相信，这类型的被子，在中国妇女手里，一个月的时间，绰绰有余了。

我问老人家，这里有您缝制的被子吗？

岳拉娜老奶奶立刻腼腆甚至羞惭起来，说，这里哪能有我的被子？我的手艺差得多呢（晚上我在岳拉娜老奶奶家，看到了老奶奶缝制了一半的花被。还真不是她老人家谦虚，她的手艺实在是够糙的了）。

在艺术馆里，我看到了一架瑰丽异常的中国屏风。岳拉娜老奶奶很夸耀地对我说，这是20世纪，这个镇上的美国传教士从中国带回来的，精美极了。据说是唐代的，很少见的。她说话的口气非常坦然，丝毫没想到我是一个中国人，看到自己祖先的遗物，在异国他乡漂泊，所感到的那腔酸楚。

我用手抚摸着屏风上的螺钿仕女图案，它温凉的细腻，灼痛了我的指尖。我不能确认它是否真是唐朝的文物，但它的确是很古老的。幸好它受到了很好的保护，也许从更广大的范围来看，我的哀伤可以稀薄一些。

小镇很冷清，年轻的人都到城市里去了，留下的都是老人。地面上铺着黄叶堆积而成的地毯，更添一分凄清。老奶奶又领我们到了镇上的图书馆。那是一栋有了年头的楼房，书不算多，大多数也很破旧了。和想象中的数字化闪烁不同，图书馆是传统和暗淡的。老奶奶说，她经常到这里来借书看。

接着，又参观了一家贵族豪宅改建的博物馆，显示着20世纪这个小镇的风貌。那时的服装，那时的餐具，那时的装饰，那时的工业……

是的，那时，这个小镇生产精美的铁玩具，在展柜里，摆着铁制的炉子、房屋、蒸汽机车、各种机器模型，制造得惟妙惟肖。还有很多古老的工具，让人想到熊熊的炉火和叮叮当当的金属声。但是，现在这一切都消失了，空无一人的厂房，丛生的荒草……人们都聚集到大城市去了，这里是一个虽未被遗忘却不免委顿的小镇。

我在小镇的商店里，买了一个铜制的小铃铛。晃晃它，会有脆得让人心疼的声音响起。说明牌上写着，一个世纪以前，美国乡村小学，就是摇起这样的小铃铛，告诉孩子们，上课啦！

最后是到当年林肯和道格里斯辩论处参观。那是一座小小的土丘，草在秋风中有一点苍黄。一处宁静的地方，两尊铜像，林肯坐着，道格里斯站着，看不见的机锋在空中交叉。我觉得这二位的姿势有点特别。想来若是一般的雕塑家，会把正义的林肯塑成侃侃而谈的站立姿势，也许再加上强有力地挥舞着的手臂什么的，把道格里斯塑成仰视的模样。但是这处雕像别出心裁。林肯坐着，举重若轻。道格里斯虽然站着，在感觉上却比坐着的林肯要矮。谁更有力量，就不言而喻了。

我在林肯传记中看到过这样的记载：在伊利诺伊州，道格里斯先生对来自本州各地的农民，发表了长篇演说，宣讲他于1854年新提出的法案。这个法案对奴隶主明显是有利的。林肯对这篇演说给予了回击，批驳了道格里斯的所有观点。林肯以异常的激情和活力对这一法案进行了抨击，逐一揭露其欺骗性和虚伪性，法案被批驳得原形毕露体无完肤。从他口中说出的真理在燃烧，他激动地战抖着，道格里斯对自己失去了信心，意识到了自己的失败，局促不安。整个会场死一般的寂静……

今天，这里也是非常寂静。一个多世纪以前的唇枪舌剑，已经被萋萋青草吸附，只留下旅人的凭吊。

也许是因为白天跑得多了，这一夜，又是无梦到天明。和岳拉娜老奶奶告辞的时间到了，我拿出一条中国杭州的丝绸围巾送她，她很高兴。

分别时，我看着她佝偻的身影，突然非常感伤。我知道，今生今世，我再也看不到这位老人了，她已经87岁了，就算我几年后有机会再到美国来，就算我会再次寻找到这个美国中部的小镇，岳拉娜老奶奶还能继续到花园里，为我们采摘新鲜的红草莓，还会有一只红黑相间的美丽瓢虫，醉倒在冰激凌里吗？

在老奶奶87岁的生涯里，可能接待过多位外国的访问者，也许她会很快忘记我的。从我们的汽车尚未开出她的住宅，她就返回房间这一点来看，我想一定会是这样的。但我会长久地记住她。记住她搅拌冰激凌时那红肿的手背。

全职主夫

早上，告别伊利诺伊州的小镇，出发到芝加哥去。行程的安排是：我和安妮先乘坐当地志愿者的车，一个半小时之后到达罗克福德车站，然后从那里再乘坐大巴，直抵芝加哥。

早起收拾行囊，在岳拉娜老奶奶家吃了早饭，安坐着等待车夫到来。私下揣摸：今天我们将有幸与谁同行？

几天前，从罗克福德车站到小镇来的时候，是一对中年夫妇接站。丈夫叫鲍比，妻子叫玛丽安。他们的车很普通，牌子我叫不出来，估计也就是相当于国内的“夏利”那个档次。车里不整洁也不豪华，但还舒适。我这样说，一点也没有鄙薄他们财力或是热情的意思，只是觉得有一种平淡的家常。

丈夫开车，车外是大片的玉米地。玛丽安面容疲惫但很健谈，干燥的红头发飘拂在她的唇边，为她的话增加了几分焦灼感。我说，看你很操劳辛苦的样子，还到车站迎接我们，非常感谢。

玛丽安说，疲劳感来自我的母亲患老年性痴呆十四年，前不久去世了。都是我服侍她的，我是一名家庭主妇。我知道陪伴一位老人走过她最后的道路，是多么艰难的过程。照料母亲成了我生命的一部分。母亲去世了，我一下子不知道干什么好了。现在，我干什么呢？虽然我有家庭，鲍比对我很好……

说到这里，开车的鲍比听到点了他的名，就扭过头，很默契地笑笑。

玛丽安说，孩子也很好，可这些都填补不了母亲去世后留下的黑洞。我的这一段经历，我不想让它轻易流失。你猜，我选择了怎样的方式悼念母亲？

我说，你要为母亲写一本书吗？这的确是我能想出的悼念母亲的较好方法了。

玛丽安说，不是每个人都有能力写书的。

我说，那么你想出的方法是什么？

玛丽安说，我想出的办法是竞选议员。

我的眼珠瞪圆了。当议员？这可比写书难多了，不由得对身边的玛丽安刮目相看。议员是谁都当得了的？这位普通的美国妇女，消瘦疲倦，眼圈发黑，看不出有什么叱咤风云的本领，居然就像讨论晚餐的豌豆放不放胡椒粉那样，淡淡地提出了自己的议员之梦。

玛丽安沉浸在对自我远景的设想中，并未顾及到我的惊讶。她说，我要向大家呼吁，给我们的老年人更多的爱和财政拨款。服侍老人不但是子女的义务，而且是全社会代价高昂的工作。这不但是爱老年人，也是爱我们每一个人。我到处游说……

我忍不住插嘴，结果怎么样？你有可能当选吗？

玛丽安一下羞涩起来，说，我从没有竞选的经验，准备也很不充分。当然，财力也不充裕。所以，这第一次很可能要失败了。但是，我不会气馁的。我会不懈地争取下去，也许你下次来的时候，我已经是州议员了。

玛丽安说到这里，鲍比就把汽车的喇叭按响了。宽广的道路上没有一个人，也没有任何险情。喇叭声声，代表鲍比的喉咙，为妻子助威。

我对玛丽安生出了深深的敬佩。怎么看她都不像是一个能执掌政治的女人，但是谁又能预计她献身政治后的政绩，不是辉煌和显赫呢？因为她的动机是那样单纯，信念是那样坚定！

有了来时和这位“预备役议员”的谈话，我就对去时与谁同车，抱有了浓烈的期待。

车夫来了。一个很高大而帅气的男子，名叫约翰。一见面，约翰连说了两句话，让我觉得行程不会枯燥。

第一句话是：出远门的人，走得慌忙，往往容易落下东西。我帮你们装箱子，你们再好好检查一下，不要遗漏了宝贝。

在他的提醒下，我迅速检点了一番自己的行囊。乖乖，照相机就落在了客厅的沙发上。在整个美国的行程中，我仅这一次丢了东西，还被细心的约翰挽救了回来。

第二句话是：你的箱子颜色很漂亮。它不是美国的产品，好像是意大利的。

我惊奇了。惊奇的是一个大男子汉，居然在记忆中储存着女士箱子的色彩和款式的资料，并把产地信手拈来。

我说，谢谢你的夸奖。你对箱子很了解啊。能知道你是做什么工作的吗？

我猜想他可能是百货公司的采购员。

约翰把车发动起来，他的车非常干净清爽。他一边开车一边回答：我的工作嘛，是足球教练。

我自作聪明地说，赛球的时候走南闯北的，所以你就对箱子有研究了。

约翰笑起来说，我这个足球教练，只教我的三个孩子。我有三个男孩，他们可爱极了。

他说着，竟然情不自禁地减速，然后从贴身的皮夹里掏出一张照片，转手递给我们。三个如竹笋一般修长挺拔的孩子踩着足球，笑容像新鲜柠檬一样灿烂。

约翰说，我的工作，就是照顾我的三个孩子。我接送他们上学，为他们做饭，带他们游玩和锻炼。我的邻居看到我把自己的孩子带得这样好，就把他们的孩子也送到我这儿训练，我就多少挣一点小钱。但绝大多数时间，我是挣不到一分钱的。因为我不好意思领工资。我是全职的家庭主夫啊。

我赶快把自己的脸转向窗外。因为我无法确保自己的五官，不因巨大的愕然而错位。

令我惊奇的不仅是这样一个正当壮年的健康男子，居然天天在家从事育子和家务劳动，更重要的是他在讲这些话的时候，那种安然的坦率和溢于言表的幸福感。我从来没有见过一个男子说到自己的职业是家庭主夫时，如此的心平气和。不对，不准确。不是心平气和，是意气风发。

我变得小心翼翼起来。我怕我不合时宜的语调，出卖了我的惊讶。我说，你的妻子是做什么的？

约翰说，法官，她是法官，在我们这一带非常有名气的法官。

我说，那你这样……没有工作，对不起，我的意思是在家里……的工作……她心理平衡吗？

约翰很有几分不解地说，平衡？她为什么不平衡呢？这是一种多么好的组合！她那么喜欢她的孩子，可是她要工作，把孩子交给谁来照料呢？当然是我了，她才最放心。

话说到这个份儿上，我顾虑再追问下去，是否有些不敬，但我实在太想知道答案了，只好冒着得罪人的危险说，要是您不介意，我还想问问，您心理平衡吗？

约翰说，我？当然，平衡。我那么爱我的孩子，能够整天和我的孩子在一起，我是求之不得的。世上不是每个男人都有这样的福气的。他们不一定能娶到我夫人这样能干的女子，我娶到了。这是我的天大的运气啊。

交流到这个程度，我心中的问号基本上被拉直，变成叹号了。我只有彻头彻尾地相信，世界上有一种非常快乐的家庭主夫生活着，绽放着令世界着迷的笑脸。

到了车站，当我和安妮把所有的行李搬了下来，和约翰友好地招手告别，突然安妮一声惊叫：天啊，我的手提电脑……哪里去了？

约翰不慌不忙地说，别急。很可能是落在岳拉娜老奶奶家了。待我问问她。

约翰拨打手提电话，果然，电脑是在岳家。

怎么办呢？那一瞬，很静。听得见枫树摇晃树叶的声音。从车站到我们曾经居住的小镇，一来一回要三个小时，约翰刚才还说，他要赶回去给孩子们做饭呢！

我们看着约翰，约翰看着我们。气氛一时有些微妙和尴尬。临行之前，他再三再四地叮嘱我们，现在不幸被他言中……

约翰是很有资格埋怨我们的，哪怕是一个不悦的眼神。或是出于不得不顾及的礼节，他可以帮助我们，但他有权利表达他的为难和遗憾。

但是，没有。他此刻的表情，我真的无法确切形容，原谅我用一个不恰当但却能表达我当时感觉的词——“贤妻良母”。他是那样的“贤妻良母”，真正的温暖的笑容，耐心而和善。好像是一个长者刚对小孩子说过：你小心一点，别摔倒了。那孩子就来了一个嘴啃泥。他的第一个反应不是埋怨和指责，而是本能地微笑着，看到他的膝盖出了血，就帮助包扎。他很轻松地说，不要紧。出门在外的人，这样的事情常常发生。你们不要着急，我这就赶回小镇。照料完我的孩子们的午饭，我就到岳拉娜老奶奶家取电脑，然后立即返回这里。等着我吧。在这段时间里，你们可以看看美丽的枫树。只有伊利诺伊的枫树，是这样冷不防地就由黄色变成红色的了，非常俏皮。离开了这里，你就看不到如此美丽的枫树了。

约翰说着，挥挥手，开着车走了。我和安妮坐在秋天的阳光下，看着公路上约翰的车子变成一只小小甲虫，消失在远方。我们什么也没说，等待着他亲切的笑容在秋阳下重新出现。

外科医生的圣殿

芝加哥的9月，寒冷已到十分。蔚蓝色的湖水抖动着森然的冷气，像要把人吸入湖底。在所有的预定项目之外，我对安妮说，我想去参观“国际外科博物馆”。

当过医生的人，就像是得过麻疹伤寒之类终身免疫的疾病，有了持之以恒陪伴一生的抗体——那就是对人长盛不衰的好奇与热情。早在北京家中得知我会到芝加哥的那一天，我就在本子上写下了——争取参观国际外科博物馆。

在观光手册上，关于这个博物馆，只写了简单的一行字“被誉为世界外科的圣殿”，然后就是地址和票价。

我不是外科医生，和我的内科技术相比，我的外科手艺相当不好。按说我的责任心不错，考试的成绩也是上等，但我知道，那是付出了多么惨痛的代价才换来的。记得实习手术时，我总是不能轻巧地打开手术钳的锁扣，手术台上屡受器械护士的白眼。我只好把手术钳偷偷放在军衣口袋里，无论是坐着开会还是走在通往食堂的小路上，都在衣袋里窸窸窣窣地操纵着手术钳，练习着用最微不足道的力量，轻巧地完成手术钳的开合。若是有人在一旁冷眼看到了我的举措，一定以为我在暗中练习扒窃的技术，以求怎样神不知鬼不觉地偷人钱包。真是功夫不负有心人，后来几乎可以在下意识中完成打开手术钳的动作，近乎化境了。真正的悲剧也就在这时降临。一次手术，因为紧张和慌张，居然在不该打开钳子的时候，手指轻轻一动，钳子应声弹开，病人的腹腔立刻变成了喷泉，鲜血如同香槟酒一样，冒着泡泛了出来，油滴样的冷汗顷刻将我厚厚的手术衣浸透……好不容易才将病人从鬼门关上召回来。

远了。还是回到寒冷的密歇根湖畔。我对外科医生的敬畏，使我从此远离了外科。当我完成实习以后，无论德高望重的外科主任怎样挽留，说他可以把我培养成一名优秀的外科医生，说这样的机遇对一个女生来说是多么的罕见和幸运，我都毫不犹豫地拒绝了。我被那一次喷涌的鲜血将魂魄浸软，残存的一点胆量，只够支撑我在博物馆里瞻仰外科。

我和安妮到达林肯公园附近的1524号馆址，已是下午时分。这是一座安静的灰色建筑，门口有外科医生的塑像。可能是临近下班时间了，除了我们之外，没有其他的游人。整个博物馆笼罩在寂静中，到处是金属的锈迹和反光，给人一种轻度的恐怖感。

这家博物馆的创始人——麦克斯医生，生于1880年，原籍匈牙利。19岁来到了芝加哥，1904年毕业于罗斯医学院。然后他自己开始行医，医治了无数的病人，成为享有盛誉的外科医生。他的性格在外科医生中当属凤毛麟角，仅仅操纵手术刀，无法使心安宁，于1935年创办了国际外科大学。当了大学校长，他仍不满足，深感还不能表达他对于外科的热爱和献身，于1954年买下了这座四层的灰色楼房，建立了世界上第一座外科博物馆。

博物馆里展出了大量的实物，主要是早期的外科手术器械。可能是年代久远，再加上那时的制造工艺简陋粗糙，很多器械现在看起来已近乎刑具。比如我在教科书上看到过“铁肺”这一名称，一直无缘得以亲见。此次见到实物，着实吓得不轻。它体积庞大，结构狰狞，好像一种逼人招供的刑讯设备。我真的怀疑，从这样的器械中是否走出过活下去的病人。

还有一种输血器，完全铁制，有个双向的开关，然后向不同方向接出两根管子，样子像个自行车的打气筒。如果不看说明，你绝想不到这是救人性命的法器。在输血器的上方，画着几幅示意图。真是拜托了这些当年的画家，才使我们今天得以知道这种奇怪的仪器是如何使用的。

输血器是一个负压的抽吸泵，它的两条管子，一条接在垂危的病人胳膊上，另外一条接在健康的供血者身上。只要打开输血器的开关，就可以把供血者的血，源源不断地直接输入到病人身上。这个仪器如果仅仅展示到这里，除了让人惊讶输血器的简陋以外，还不致让人太出乎意料。但紧接着下面的一幅画面，就让人惊诧莫名了。原来，应用的时候，在输血器的另一端，就是供血者的位置，躺着的不是一个人，而是一条狗。

把狗血输给人，真是不可思议。但我相信，在输血的最早期，一定是做过这样的尝试。毫无疑问，那些悲惨的病人，都在更悲惨的输血反应中一命呜呼。我相信，同时死去的还有那些排危解难的狗。

在下一幅图画中，左侧还是痛苦呻吟的病患，右侧的供血者由狗改成了马……结果当然还是一样凄惨，人死了，马也死了。

屡屡的失败教育了早期的外科医生，在另外的图画里，我们终于看到是一个人躺在那里供血，而不再是形形色色的动物了。可是，人给人输血，有的病人活过来了，有的病人却更快地死亡了。

看到这里，我为100年间在暗夜苦苦摸索的外科医生感到心酸。那时，他们面临着怎样的苦恼和未知啊。我们现在已经知道，人和人的血型至少有四种显著的区别，如果不化验血型就输血，输血反应导致死亡的概率起码要超过50%。同样的一个输血器，用在这个病人身上，他活了，用在那个病人身上，他却痛苦地死去了。这是一双怎样的魔手，在分配着性命的生杀予夺？我估计那时的外科医生，每次使用这个冷硬的铁家伙，一半是恐惧一半是希望，更多的是不可知的悲怆感。

并且，没有抗凝剂，没有输血计量设备，输血器一旦开始工作，天知道会有多少血流到病人身上，如果输得过多了，还要把输血器的反向装置开动起来，再把病人身上的血，回灌到供血者身上……也许因为我的医疗背景，面对着各式各样的古怪器械，不由得走火入魔。想得格外烦琐，叹息也就长声复短声。

还有骨科锯、碎颅器、凿子、子宫钳……年代久远，不知是当年的血迹（这不大可能吧）还是岁月的锈蚀，总之这些原来想必是银光灼灼的器材，如今人老珠黄，只剩下冷漠的粗粝。

安妮说，毕老师，让我摸摸你的手指。

我不知她是何意，把手递给她。安妮的手掌有涔涔的汗，指尖冷冷。我说，安妮，很抱歉。你不是医生，看这些切割人体的仪器，是一种残忍。

安妮说，是的。我一阵阵的恶心。不知当年创建这家博物馆的医生，是准备给医生们参观还是给普通人参观？我想说，对普通人来说，实在超出了能够从容忍耐的限度。

我承认安妮说得很对。你在这所博物馆里，逃脱不了一种压榨感，无助感，受人宰割的孤独感。也许只有在这里，人才能更深刻地感觉到什么是“外科”。当人的身体在这里被分割和解剖的时候，你对生命的认识，也就更直接和简明了。

人的血和狗的血、马的血，有分别吗？它们都是红色的，都是提供我们奔跑和跳跃的能源，在外科医生之前，没有人知道它们是不同的。外科医生带领着整个人类认识到这一点，为此付出了惨痛的代价和漫长的时光。

把那些残破的无可救药的肢体和脏器，从整体上切割下来，把那些可堪修补的部分穿针引线地缝缀起来，这是什么？这就是外科。于是，外科的器械就同木匠和铁匠，同缝纫匠和箍桶师没有根本的区别。如果一定要找出他们的不同，那就是外科医生的布料更昂贵，式样更简单，针脚更细密，操作的台案更狭小。而且，他们的产品往往是无法展示的，深藏在人体的洞穴中。

高大的馆舍里只有我们两个参观者。我们走到哪里，我们自己的呼吸就在哪里响出回声。那种突如其来惟妙惟肖的蜡像，往往吓得我们发抖。一个孕妇被按住四肢，在没有麻药的状态下，被人剖腹取出婴儿……濒死的产妇，飙射的鲜血，手舞足蹈的婴儿……

安妮对我说，你有没有发现，对付妇女的器械好像特别多，而且个个都很巨大沉重？

安妮的见解很有眼光。也许因为外科是男性世袭的领地，男医生占了绝对的优势，所有的外科器械都是以男人的操作方便为设计的前提。

由于女性的独特生理构造和繁衍生殖的使命，使得女性接受外科手术的机遇的项目更多。那些针对子宫的拉钩，为什么不可以做得更精巧和细腻一些？那些对付婴孩的工具，为什么不能更柔软和光滑一些？

感谢这间外科博物馆的不懈收藏。有很多东西，当它们孤立出现的时候，如同散落的野花，深藏不露的气味，因为稀疏而被遮挡和稀释。当它们浓烈地堆放在一起时，那种令人不安的气息就蒸发出来，熏得人不得不思考和应对。传统的外科忽视了妇女的生理特性，这是历史的遗憾。

我的步伐渐渐加快。安妮说，你在找什么？

我说，我在找中国。

是啊，既然叫作“国际外科博物馆”，就该有中国。终于，找到了，在一个角落里。没有实物，是一些连环画。画的是华佗使用“麻沸散”和关公刮骨疗毒的故事。图画很精致，一旁有说明：此画系一华侨捐赠，博物馆表示感谢云云。补上了空白，这很好，但这组画面更多地像一个传说和艺术品，同馆中其他部分斩钉截铁的实物相比，有一点孱弱。

直到闭馆的时间，我们才走出大门。我买了个小小的纪念品——一个塑料的关节：由股骨头和半扇髋骨组成。白骨嶙峋的，从直观美觉上，实在谈不上有多少乐趣。之所以买下，除了它的造型少见（在别的地方，你哪能买到比例如此精确的骨骼制品），更想到一个特别的用途。母亲年事已高，老相识中很有几位阿姨，因为缺钙，跌了一跤，就造成了股骨头骨折，躺在床上，足足半年休养生息。我敦促妈妈补钙，她却时常忘。这个小玩意儿，可以再形象不过地说明什么是股骨头，为什么它那么容易骨折而难以愈合。

标价7美元，不便宜。决定如果妈妈问起价钱，就说，嗯，只花了1美元。

珊妮兵团

芝加哥一处僻静的街道，除了凛冽寒风的脚步，看不到一个人。找到1504号门牌的时候，一股烈风吹过，呛得我差点摔个跟头。今天要拜访的是“珊妮兵团”。

单从字面上，完全想象不出这是一个怎样的机构。加上它的大名——芝加哥宠物治疗中心，残缺的想象力才有了一点方向，然而，显然是更困难了。注意啊，不是治疗宠物，而是宠物治疗。我穿过20年医生的白大衣，实在难以想象在医生束手无策的地方，那些被人类豢养的动物，能有什么高招。

说实话，我不是一个很喜欢动物的人。不是因为我吝啬自己的感情，正相反，因为害怕感情的流离失所。想想看吧，大概除了乌龟，所有我们日常亲近的动物，比如鸡鸭鹅兔、猫狗驴马……寿数都比人类要短。如果与之建立起了深厚的感情，那它骤然离去的时刻，会遗下怎样的凄楚！罢，罢！索性将情感的半径缩如毛衣针般短小，相应的痛苦也会有限。

1504号的楼梯窄得如同天梯，侧着身子上到顶层，一扇普通民居的门。我敲门，然后等待。几乎怀疑自己走错了地方的那一刹那，门开了。在我没看到任何一个人的时候，四股旋风，分别为棕色、灰色、白色、黑色，无声地扑到我身上……吓得我脖根往后一仰，险些晕了过去。

那是四只狗。被四只大小不同的狗活蹦乱跳地围着身体的感觉，极为奇特。它们闭着嘴，用鼻孔热情地喷着气体，眼神温顺而友好。皮毛摩擦着你的肌肤，好像若干件羽绒背心被挑开了尼龙面子，绒毛满天飞舞，轻暖而撩人。不，不仅仅是暖和轻，更重要的是这些绒毛充满了生命力，不停地变换着方向地簌簌流动着，拂过你的全身。仿佛一把奇妙的丝绒刷子，从你的发梢抹到脚踝，直至把你包裹成一根巨大的羽毛……

这是惊恐之中的享受。令人在汗毛竖起的同时想入非非。

当我惊魂稍定，才在众多的狗脸之后，看到了一张和善的人脸——艾米女士，是这家中心的负责人。

艾米把四只狗呼唤到一旁，然后对我说，我们特别设计了这样的欢迎仪式，希望没有吓着你。因为只有它们才是我们这里的主角，它们是只吃饼干不拿薪水的治疗师。

我捋着胸脯说，吓倒是没吓着，只是，它们从不咬人吗？真正的医生都有出意外的时候，这些狗，会不会哪天脾气不好，伤害了病人？谁都有万一，对不对？

艾米女士叹了一口气说，你说得对。在我们人类的社会里，的确是这样的——会有万一。但据我所知，在狗的世界里，发生这种机会的概率，要远远小于人类，我不敢说绝无仅有，但我从来没有见过。狗永远是积极的。你见到人类背叛狗，在某些人那里，还吃狗肉。但是，你见过一条主人的爱犬，背叛过主人吗？你见过在没有食物的时候，狗把主人吃了吗？没有。从来没有过啊。我们这些治疗犬里，从来就没有出现过对病人的伤害。有的，只是人对它们的伤害。

我心中尖锐地疼了一下，我相信艾米女士说的一定是真的。我还需要了解得更详尽一点。

艾米女士说，我们这个中心成立了11年。我们现在有200多条治疗犬，也就是说，有200多位犬医生。我们的治疗犬到监狱里面为犯人治病，结果那些罪犯用烟头烫伤了治疗犬。即使在这种情况下，治疗犬也没有给那些人以任何回击，它们只是伤心地离开了……

我愤愤不平地说，为什么要让治疗犬到监狱里去？

艾米女士说，伤害治疗犬的犯人只是极个别的现象，绝大多数犯人对治疗犬都很友善，效果很好。甚至可以说，在某种程度上，治疗犬起的作用比医生还大。

这我就有些不以为然了。看得出，艾米非常热爱动物，但是也不能把动物的作用夸大到比人更加能干的地步啊。

可能是我的表情出卖了我内心的某些活动，也许是艾米常年同犬打交道，神经和感知也异常灵敏，总之，她以下的话似乎是针对我的念头而来。

犯人犯罪的原因有很多很多，但是其中最根本的原因，是丧失了对人的信任。教育他们今后不犯罪的办法也有很多，但最根本的是要他们恢复对人的信任。让他们内心深处的良知苏醒过来。也许人的语言难以抵达的地方，治疗犬却可以达到。是的，它们不会说话，可是它们有对人的一往情深的信任，它们单纯而友善，执着而可爱。在监狱里的那些人，几乎已经忘记了被另一个个体信任的感觉，但是，在治疗犬这里，他们突然得到了。信任所给予人的动力是非常巨大的。治疗犬让一些作恶多端的人流泪，让他们重新思索自己的人生。

我听得感动，说，训练这样打不还手骂不还口的治疗犬，是不是非常困难？

艾米说，是很困难。只有很少的一些犬具备优良的治疗犬的素质，选择这样的犬，再进行严格的训练，最后参加特别的考试，然后才有进行治疗的资格。

我说，这么难啊？

艾米说，是啊。

我说，都有什么试题啊？你不要怀疑我知道了会透题，我在万里之外，一定会保密的。

艾米说，比如说，在考试中，有一个题目，要求治疗犬连续地舔人的手掌，达若干的时间，很多的犬就难以通过。有一些犬是可以训练出来的，有一些犬是无法训练出来的。只有那些最友善、最耐心并且喜欢交往的犬，才能过关。

我心里替那些犬大抱屈。当然了，犬是经常舔主人的手掌，但那是它在表达自己的情感。若是要求它对一个不认识的人反复这样动作，就像要求一个小伙子对一个陌生的老大娘不停地说：我爱你爱你爱你……真够受罪的了。

艾米说，你一定想问，为什么要这样呢？

我连连点头。

艾米说，治疗犬对偏瘫后遗症和老年性痴呆的治疗效果很好。其中很重要的一个治疗方案就是治疗犬用舌头抚摸老年人的手指。手指上有很多神经末梢，这种抚摸对人的神经的恢复非常有帮助。若是一条耐性不良的治疗犬，干着干着就烦了，摇摇尾巴自己跑了，那怎么行？治疗常常是很枯燥的，一条好的治疗犬深深地懂得这一点。它们执行治疗任务的时候，非常敬业，极为投入。治疗完成了，犬也累坏了。有时，两个小时的治疗之后，治疗犬要深睡一天。

我说，艾米女士，您本人一定是训练治疗犬的行家了。

艾米女士说，惭愧得很。我训练的一条治疗犬，刚刚在考试中被刷了下来。

我说，为什么呀？

艾米女士说，它的注意力不够集中。有一条是考验治疗犬的耐心，要它们端坐若干的时间。当还有一分钟就要结束考验的时候，考官突然放出一只猫从犬的面前飞跑而过。我的那只考试犬没能经得住考验，它看了猫一眼，浑身就不自在起来，坚持了若干秒，最后还是一跃而起，追那只猫去了，结果前功尽弃。

艾米女士说得很伤心，那情形像极了孩子勤奋苦读之后，却未能金榜题名的失意母亲。

艾米女士说，芝加哥的很多家医院都同她联系，请治疗犬到病房里施治，治疗犬供不应求，计划已经安排到了两个月之后。前些日子，韩国的一家医院也请艾米女士带着治疗犬到他们那里现场操作。美国联合航空公司特地批准了这些治疗犬免费飞越重洋。只有最优秀的犬，才能得到这份殊荣。任务特殊，也有些艰巨。比如有一个科目，是让病人训练犬学会打篮球。治疗犬就要乖乖地跟随着病人的脚步，做这个训练。它们开始的时候，一窍不通，然后在病人的训练中，逐渐进步，最后成功地掌握这个动作。这个训练，会让病人感受到成功，并且不厌其烦，学会交流和合作。

我说，这很有趣啊。

艾米女士说，若是我告诉你，我们的治疗犬早就掌握了打篮球的动作。但是它们要做出一无所知的样子，然后慢慢地进步，你觉得怎样？

我说，这是人都难以完成的作业。

艾米说，优秀的治疗犬能够成功地做到这一点。它们懂得循序渐进，懂得让训练者有成就感。狗非常忠诚。它是把人当成它的头狗来效忠的。

告别的时候，艾米女士和治疗犬一道欢送我。我一一抱起治疗犬，表达一名人医生对四位犬医生的敬意和谢意。我问艾米女士，哪一位是珊妮呢？

我想那只威武高大的母犬应该是珊妮了，好像含威不露的资深女医生。

没想到艾米说它的名字叫采茜。至于珊妮，是这里最好的治疗犬，所以整个队伍以它的名字命名，叫作——珊妮兵团。不巧的是，珊妮今天出诊去了，到病人家里做治疗，很晚才会回来。

无缘见到这支部队的总司令，甚为遗憾啊。当我沿着陡峭的楼梯走下，故意把脚步放慢，期待着，也许正赶上珊妮出诊归来呢。

啊，原来你是一只老虎

在美国，参观过几所中学。有贫民区完全由政府资助的免费的公立学校，也有肯尼迪的女儿曾经就读的有百年历史的私立贵族学校，还有专为新移民的孩子建立的双语（英语和母语）学校。在不同的学校里，我都和华裔的孩子们有过交谈，留给我的感受真是一言难尽。

我也是一位母亲，尤其是喜欢女孩子。但没有女儿，所以看到了别人的女孩子格外亲。不是吹牛，我和女孩子有一种特别的亲和力，也许是因为我特别喜欢她们，也许是因为我长得像一位操劳的老阿姨，让女孩子们一见之下就想到了她们爱唠叨的老邻居。

先说纽约哈林区的那所公立女中。哈林区是以黑人为主的聚居区，也有很多少数民族裔，是比较贫困和治安秩序混乱的地区。外交部官员比尔从饭店接上我们，一直陪着我们在纽约的地铁里穿行，直到从哈林区的车站钻出来，把我们交到校方来接我们的弗德姆老师手上，这才离去。

我说，比尔真是一个热情的人。其实，凭着地图，我们自己来，也找得到啊。

安妮说，比尔不单是热情，更是负责任。因为这里的治安不好，他不放心。所以要看到我们平安地到达，他才肯离开。

弗德姆老师是个高大的白人青年，大学毕业后到这里来当老师，已经两年了。他说，是这样的，我刚来的时候，就遭了好几次抢劫，喏，就在前面不远的地方。

正是阴天，狭窄而脏乱的街道，更蒙上了一层晦暗。有一些游手好闲的人，在巷子口挤眉弄眼地看着我们。我吓了一跳，说，那您估计今天会发生这种事吗？

弗德姆老师说，大约不会的。因为他们已经认识了我。知道我是这里的老师，他们就不抢我了。如果有别的不认识的人抢我，他们还会出来干涉，说这是教书的老师，来教我们的孩子，放了他吧。

这样说着，我的心稍稍安定下来。看周围的建筑，低矮破旧，和曼哈顿岛上繁华的风光天壤之别。

学校倒是一座崭新而现代的建筑，收的学生都是女性。走进去，墙壁被刷成五颜六色，给人一种跳跃的青春感。因为孩子们正在上课，我只能趴在门口匆匆看看。很喜欢这儿的课桌不是摆成规矩的方阵，而是像吃饭似的，四张桌子拼在一起。同学们面对面地坐着，彼此吐一口气，就吹到对方的脸上。老师教课的时候，就像个饭店的服务生，在桌子之间走来走去，边走边说……

我说，嘿！有趣。我很喜欢这种有些混乱的课堂，有一种游戏感，让沉重的功课变得轻松些。

弗德姆老师说，女孩子们都喜欢这样的桌椅摆法，也许，这是女性的特点。

我说，我猜男生也会喜欢这样的摆法，它让僵硬的教室变得活泼。

弗德姆老师微笑不语。我估计他可能有统计数字，证明男生更热爱循规蹈矩的教室。

这时候，正好安排我与一班女孩子们的座谈课开始了。她们围成一个半圆，我坐在她们的对面，就是半圆仪中间开孔的那个位置。女孩子们十三四岁的样子，皮肤有白色、黑色、黄色、红色……还有若干从浅到深的中间色。

我说，我先来做一个自我介绍。让你们先认识我。然后，你们就要给自己做一个介绍，让我认识你们。如果有什么不清楚的地方，你们可以随时打断我。

我说，我来自中国……

孩子们立即开始举手。我说，有什么不明白的吗？

一个黄皮肤的女孩子不客气地说，请问，你来自哪一个中国？

这是我第一次注意到她。说实话，这是一个很俊秀的女孩子，而且我有直觉，她不但是亚洲裔，而且是华裔。

我说，你能告诉我，你为什么会问这个问题吗？

黄皮肤女孩说，我知道世界上有三个中国。一个是香港的中国，一个是台湾的中国，还有一个是红色的中国。

我看到有好几个女孩频频点头，看来此说颇有市场。

我说，我要告诉你，世界上只有一个中国，我就是来自那里，它的全称叫作中华人民共和国。你说的那个香港，是中国的一部分，原来被英国人租借了去，在1997年已经回归中国。至于你说的那个台湾，是中国的一个岛，也是一个省，是中国几十个省中的一个。

女孩子们轻轻地笑起来，好像明白了一个很困难的问题。

黄皮肤的女孩说，据我所知，就算你把那三个地方都叫作一个中国，可是实际上它们是非常不同的。

我说，你说得有点道理，这三个地方是有很大的不同，可是我不知你想过没有，它们还有更多更多相同的地方。不同只发生在这一个世纪中，还不到100年，但相同的部分流传了5000年，从很久很久以前的公元前就开始了。100年比5000年，谁长谁短？

听众一片哗然。

我发现美国民众对于时间的概念，是很容易惊奇的。也许因为美国成立的时间比较短，对那些悠久的历史，总是抱有半是羡慕半是敬仰的愕然感。

黄皮肤女孩好像若有所思。但她很执拗，稍停了片刻，就说，我是出生在美国的，我不知道这三个都称自己为中国的地方，有什么相同的东西。

我说，那个相同的东西就是文化。也许这样说，太空洞了。如果你不介意，你能告诉我你的年纪吗？

黄皮肤女孩还没来得及答话，其他的女孩子就大叫起来——我们都是14岁！

我微笑着对黄皮肤女孩说，那我就知道了——你属虎！

那一刻，这个执拗的女孩好像被一支箭射中，立刻变得柔软而妩媚，笑起来说，你怎么知道的，我是属老虎的？

我说，这就是文化的力量啊。

我转向全体女孩，说，我知道这样一个小故事，也不知是真是假。那年，美国总统第一次访问中国，我们的总理给他一个谜语猜。谜面是：你有一个，我也有一个，整个中国只有12个。这是什么东西？你们的尼克松总统很聪明，他猜出来了，这就是中国的属相。中国用12种动物代表12个年份，循环往复以至于无穷。于是，每个中国人在出生的时候，就有了一个属于自己的属相。

我又把脸转向了那个黄皮肤的女孩，我说，这就是文化啊。不但在中国的大陆、台湾和香港的中国人是这样的，连离开了这些地方，到了海外的中国人，也依然记得这个风俗。所以，你的爸爸告诉你，要你记住，你是属老虎的。

我说到这里，黄皮肤的女孩连连点头，她的同学们更是激动不已，纷纷叫着她的名字说，哈！想不到，你竟是一只老虎！

她自豪起来，说，对，我就是一只老虎。

脸上的神气从先前的隔绝变成快意。

我又到了另一所贵族女中。听说这是纽约最负盛名的私立女中，以为一定豪华莫名。其实它的外表倒很朴素，门脸也不大，很宁静的样子。并不像国内的某些私立学校，排场大得吓人。

校方组织了四位女生同我谈话，就在学校学生餐厅里。塑料的桌椅，颜色是鲜艳的明黄粉蓝，很有蓬勃气息，但实在算不上高档。

几位女孩子来了。很开朗的样子，落座后眼光一点也不怕生，友好地向我微笑。其中一位黄皮肤的女孩，第一句话就是：我是中国人。发音那叫一个地道，简直就是一口京片子。

我特高兴。虽然离开北京时间并不算太长，但什么抵得上“他乡遇故知”啊！我说，你的中国话说得真好，你到美国多长时间了？

她接下来的反应，倒让我迷惘。她不能回答我的问题，只是很窘迫地看着我，再求援似的看看安妮，看来是希望安妮为她翻译我的问话。

安妮善解人意，立即帮助她。

女孩子笑了，回答道，我是在美国出生的。

我有点失望，原来还以为是遇到了一个中国籍的老乡，没想到还是美国人。按照美国的法律，在美国出生的人就是美国人了。但我很快调整了自己的情绪，觉得自己的一厢情愿没道理。顿一顿，对女孩说，你的中国话说得真是不错啊。

她又是莫名其妙的样子。安妮又为我们翻译，我这才发觉自己没话找话，把刚才的意思又重复了一遍。也猛地醒悟过来，这女孩只把一句“我是中国人”练习到了炉火纯青的地步，从语调到发音，都无可挑剔，让人以为她是个中国通。然而对其他的中国话，就一头雾水了，只有借助翻译谈话。

女孩子很骄傲地告诉我说，父母去年带她回了一趟中国，去了北京、西安、广州等地，那时候，她的中国话说得要比现在好多了，现在不好了。

说到这里，她很遗憾地耸耸肩头。一个纯粹美国人的表达方式。

校方说，这所学校，现在越来越多地录取亚裔学生，这四位学生中就有两位（那一位是韩国裔）。一方面是因为美国的新移民在增长，亚洲国家的发展，使得他们成为了新的富翁。另一方面是亚洲国家的传统非常重视教育，由于学校悠久的历史和良好的声誉，使得他们非常愿意送自己的孩子到这里来读书。

华裔的女孩子在纸上为我写她的中文名字，她写得很认真，但笔画错误甚多，有几处倒插笔。写完了，细一端详，发现少了一笔，马上又横着添上去。不像是在写字，倒像是在画一幅路线略图。完工后，她很自豪地递给我，期待着我的表扬。

我选择了很热烈地表扬她。她特高兴。她的同学也充满了敬佩地看着她。

我长大了以后，要回到中国去。她很坚定地说。

你的爸爸妈妈会同意吗？我说。

我想，会的。即使不同意，我也会去的。女孩说。

告辞的时候，她又很精确地说出了汉语的“再见”，说完，眼巴巴地看着我。我知道这又是一个她反复操练过的汉语，就夸她，你的汉话说得很好啊！

她又一脸听不懂的样子。安妮把这话译给她，她灿若桃花地笑了。

出了校门，安妮说，在美国的华裔中，这个女孩子算是比较特别的。

我说，为什么呢？

安妮说，你夸她国语讲得好，她很高兴啊。

我说，这有什么奇怪的呢？假如在中国，有一个英国人，夸一个中国孩子英语讲得好，这个孩子难道不高兴吗？

安妮说，在中国，我想你说得对。但是在美国，事情就有些两样。美国的华裔孩子，很多把不会说母语当成是自己的荣耀。你夸他说得好，就相当于骂他，证明他还没有化入美国。这个孩子，因为她很自信，并没有自卑心理，所以才那么坦然地接受了你的夸奖，这是一个特例。

我觉得安妮的话很有见解，但我不能肯定她说得是否全对。我还要用自己的眼睛看看。

到达旧金山，我们又到了一所专为新移民的孩子开办的学校。为了帮助他们过语言关，学校采用双语教学。对刚从故国来的孩子，就用母语教学。过了一段时间，如果他们的外语过关了，就转入英语教学的班级。这次和我座谈的孩子，就是国语班的。

今天我可以比较轻松了。因为您用华语演讲，我就不必给您翻译了。安妮说。

我说，不知那些孩子脱离了汉语的环境，能否听得懂我的话？必要的时候，还得请你帮忙啊。

安妮说，我会安静地坐在教室的最后面，需要我的时候，我会马上帮助你。

我们这样说着，到达了学校的大门口。说实话，这是我在美国见到的条件最差的学校。校舍的墙壁上有痰迹，油漆脱落，颜色灰暗得如同发了霉的面包，厕所很脏。

见到了那个班上的老师，一位台湾来的朱小姐，椭圆的脸，标准的国语，友善的笑容。看得出，她是一个敬业和爱孩子的老师。

她说，您随便讲什么都可以。我的这堂课，就是专门让孩子们开阔眼界的。

我站在讲台上，看到下面的学生一脸顽劣神色，好像国内的差班。我对他们的语言能力不摸底，就问，我讲国语，你们听得懂吗？

没有任何人回答我，好像是对着一批蜡做的娃娃。

我有点慌张，看着安妮。安妮平静地看着我。我知道，如果我发出请求，安妮是会帮助我的。我等待着，但那些孩子们的耐性看来比我好，木僵着，一言不发。小朱老师看不过去了，对我说，您尽管说，他们什么都听得懂的。

没有笑容，没有眼神的交流，更没有丝毫默契的友善。有的只是冷漠和回避。

我演讲的经历不算多，上百场总是有的，还从未碰到过这种剃头挑子一头热的局面。没办法，自顾自地讲起来。

我说，旧金山在海的这一边，越过浩瀚的太平洋，在海的那一边，就是中国。我来自中国，那是一个伟大而历史悠久的国家。关于中国，我想知道，你们都了解哪些？谁能告诉我？

冷冷的，又是没有一个人理我。

尴尬。我拿出一个纸包，说，如果谁答对了，我有一个从中国带来的小小的礼物，就送给他。

孩子们起了轻微的骚动，看来是礼物引起了他们的好奇。一个孩子终于张口了，说，嘿，能让我们知道礼物是什么东西吗？

我说，可以。它是中国的风景明信片，礼物很轻，但是那上面有中国的美丽风光，它就变得重了。

说实话，我很想拿出更隆重一点的礼物送给孩子们，但因为访问已接近尾声，礼物储备告罄，昨晚在宾馆把行李翻遍，这才找到了一盒中英文对照的卡片，表表心意。

孩子们的情绪稍稍活泼了一些。我说，我想知道你们是从哪里来的。

新一轮冷漠开始了。没人理我。他们所有的人都彼此知道出处，只有我不知道。他们不屑告知我。但这个问题对我来说很重要，我不了解他们，座谈就无法进行下去。

我几乎一筹莫展了。小朱老师不好意思，站起来伸出援手，指点着她的学生说，这个是香港，那个是台湾，剩下的都是大陆中国……

于是我明白了，我面对的几乎就是一个专由大陆学生组成的班级。可是他们全无大陆上这个年纪的孩子的生动与活泼，他们是灰暗和阴郁的，垂头丧气，在沉默中有一种压抑的抗拒。

我一时真的不知再说什么好。先前准备的一些话，似乎都成了多余。告知他们祖国的明媚，那是他们背离的地方。告知他们在这里必将遇到挑战，他们的感触比我要深刻得多。我反复咳嗽，拖延时间，一时很是狼狈。终于，我想到了一个话题，依我的经验，每个孩子都不会对这个问题缄默。

我说，你们能告诉我，在美国，长大了之后，你们想干什么吗？

果然，他们低垂的眼帘挑起了半幅，我看到了一点希望。

一个高个子的男生站起来说，我是从上海来的。我的作文以前在上海的作文大赛中得过奖。我希望长大之后成为一名作家，但是，我知道，我的理想实现不了。

我说，我先祝贺你。上海是人才荟萃的地方，你能得奖，这很不容易。但你为什么又说自己的理想实现不了呢？

那个俊朗的男生说，因为我的父母不会让我写作的。他们已经为我定好了以后的发展方向，我必须要去上会计专业，他们说，这样会有比较稳定的收入。

我说，你喜欢学会计吗？

他还没来得及回答，他的同学们就哄笑起来，说，你的数学那样差，你还当会计呢，你算得清账吗？

那个男生羞惭地低下了头。小朱老师又马上出手，让她的学生不致太难堪。

一个女孩子站起来说，我想当一名医生。可是，我可能当不上。因为医学院的学费很贵，我的爸爸妈妈掏不出这笔学费。就算他们能掏出来，我也很难考上。因为我的英语不好，其他的成绩也不很好，医学院的分数是很高的。

教室里一片寂静，听得见窗外黄叶飘零的声音。这个女生的话，说出了大多数孩子的困境。即使他们有五颜六色的理想，在金钱和语言的双重枷锁之下，脆弱的翅膀能飞多远？

最后我说，我想你们的爸爸妈妈一定说过，我们这么辛辛苦苦地到美国来，做新移民为的是什么呢？为的就是你们啊！你们背负着家庭的期望，感到了巨大的压力。

我第一次看到了全教室孩子们的脸，他们齐刷刷抬起头来，看着我，长长睫毛的眼里满是迷惘和困窘。或许是这些话击中了他们柔弱而稚嫩的心。

那个上海的俊朗男孩说，是啊，我的爸爸妈妈不停地这样唠叨，天天说他们全是为了我，才背井离乡地到美国来了。我不服气，分明是他们做的主，我才不愿到美国来，是他们非要来的，要是依我的想法，我马上要回上海去……

这一刻，我听到几乎全班都深深地叹了一口气。我还从来没有听到过如此年轻的孩子，这样苦闷深沉的叹息，悠长而无奈。

我不想让谈话在凄楚的气氛中收束，我说，我知道作为新移民的孩子，你们现在很难很难。你们心中的焦虑，也许比你们的父母更甚。回去，几乎是不可能的。只有一条路，就是迎接挑战，走下去。送大家一句中国的古话——也许它也不能算很古，反正是我在西藏当兵的时候，常常鼓励自己的一句话，那就是——坚持就是胜利。

好不容易下了讲台，小朱老师对我说，你讲得真好。

我说，这是我做过的最艰难的一次讲话。比我对大学的博士生和监狱里的犯人讲话还难得多。你天天做他们的老师，也很不容易啊。

告辞出来，满地是萧瑟的黄叶。我说，有多少人知道新移民的孩子心中的忧愁？

安妮说，移民的第一代，就是这样艰难地走过。他们是边缘人，他们自卑，他们难以融入主流社会，他们中的某些人，会把这一切迁怒于自己的祖国。他们希望美国人忘记他们新移民的身份，他们要做的，就是变得比一个原生的美国人更像美国人。在他们之中，当一些人积聚了足够的财富之后，有了更多的思考之后，他们才会在更高的尺度上，看待祖国的文化，以做一个中国人的后裔为荣。在现今的美国，这样的华裔是很少的。所以，我说，在那所贵族学校里的那位女生，是一个例外。

谢谢安妮所给予我的启示和指点。说实话，那一天，我整个心情抑郁不堪。这些孩子是我见到的最压抑的孩子，他们丧失了快乐，丧失了与人为善的习惯，丧失了反应与说真话的能力，他们的少年时光被阉割肢解。他们的情形，令人想到没有归属感的蝙蝠，想到黑色与夜晚。他们是从祖国的土地上被连根拔出，在新的土地上又动荡飘浮的秧苗。我明白他们为什么有那样迟钝的眼神，那是惨痛的自发的保护。要练就怎样无动于衷的心态，才能抵御这种文化的休克和剥离的凄凉？

我猜这些少年心中，定有成人所难以体味的痛楚。他们不说，他们无法言说。没有人能察觉，甚至连他们的父母也未曾知道这深深的重创，是怎样把淋漓的鲜血从幼嫩的心房连绵不断地刺出的……

我对安妮说，我希望他们之中将来有人成为优秀的心理医生，做跨文化的心理学研究，以帮助一代代新移民的孩子度过转折中的艰难时期。

安妮说，在美国，看心理医生的费用很高。即使有了这样的医生，新移民的孩子，也未必看得起啊。

十一块宝石婴孩的项圈

美国的老妇人，多半化着很浓的妆。在美国，是不可以打探女士的年龄的。当然，女权主义者在此规矩之外。我曾会见过美国女权主义的领袖弗里丹女士，见面寒暄之后，她出口的第一句话竟是——你们多大年纪了？

时下有一种看法，觉得不打听年纪是文明的举措，打听了，就是原始社会的陋习，是没教养和愚蠢的行为。也许我是当医生出身，把年龄看成是光明正大的东西。君不见病历和处方笺上，都赫然列着年龄一项，万万不可疏漏过去的。年龄和一个人的关系太密切了，每个人都是年龄的产物。年龄像一把旋刀，削磨着我们的轮廓和意念，铸成了不同的框架，人生就在这样的框架中，演出着各自的剧目。每个年龄阶段遇到的问题，是不相同甚至是很不相同的。孩子产生着成长中的烦恼，他无论怎样激进与酷，也不会遇到自己再婚的事件。到了青年，就有了新的问题，比如恋爱交友，但他不会有老年性痴呆的烦恼。到了老年，就不会有青春期发育的问题，有的只是眷恋和怀旧……这些问题，不谈年龄，如何能把症结的实质穿透？所以，当我对自己面前的谈话对象的年龄无法明确把握的时候，我对整个谈话的质量，就会生出一种不信任感。我觉得耻谈年龄，是一种不文明的陋习。它的地基是建筑在对女人的歧视上，是男性文化中心的糟粕。好像一个女人的价值就在于她的年轻，说到底，年轻的代名词就是有生殖的能力。当一个女人的这种能力随着年龄的增长而渐趋衰退的时候，她就极大地贬值了。为了维持住这种虚假的繁荣，女性在年龄面前自己挤眉弄眼不算，还期待着全世界的人齐患白内障。

在老人院里，我依然无法知道他们的年龄，只好猜测。当过医生的人，眼光比较毒辣，我猜人年龄的本领相当高强。无论她化着怎样铺天盖地的妆，都能剥开那些芬芳的粉底，将她真实的年龄掐个八九不离十。有时，反问自己这样是否有些残忍了，那人拼命要掩盖的东西，我却要毫不留情面地剜出来，也许应了估计的误差，我估的会比她要藏的更深，岂不弄巧成拙？

我看到美国的老人基本是孤单的。他们没有和子女合住的习惯，风俗里没有这个东西，大家都觉得子女一旦长大，就理所应当地脱离父母的羁绊，远走高飞。在一个年轻的国家，在一个瞬息万变的时代，我相信这是一种单方面的利好，是一个有利于年轻人的约定俗成。也许我来自一个古老的国家，也许我是浸透着另外一种文明生长的动物，我总是在那些老年人浓墨重彩的脸上，看到若隐若现的凄凉。

我在走访伊利诺伊州立大学时，会见了妇女研究中心的安诺森博士。她说，按照国家的劳工政策，照顾孩子是工作，照顾老年人也是工作。但相比之下，美国是一个把孩子看得比老年人更重要的国家。比如，按照《克林顿法案》，如果个人有需要，可以离职6个月，照顾老人或是孩子，你供职的部门要保留你的公职，但不付工资。在法案实施以后，有人请假照顾孩子，但没有人请假照顾老年人。在社会心理上，认为赡养老年人只是一种职责，而不是工作。其实，很多人都知道，照顾一个濒危的老年人，其工作量比照顾一个孩子要更多。而且，心理上承受的压力也更大。孩子是一天天地成长起来，你可以看到希望。凡老年人是一天天地衰败下去，你不但要自己支撑得住，还要给他以支持。长久以来，照顾老年人，被看成是个人的责任，而不是社会的责任。这就使得老年人的生存状态很不稳定，它取决于后代的一种道德水平，而难以得到整个社会的监督和制约。举个简单的例子，如果学校要开家长会，做父母的都会欣然请假，老板也会准假，大家都认为这是理所应当的事。但是，如果一个人的父母在养老院里住着，养老院要开子女会，子女会同样做到如此吗？老年人的问题，说到底，也是年轻人的问题。如果一个社会无法让老年人得到保障，年轻人就会很没有安全感，因为人人必定都会老的。一个没有安全感的社会不是一个完美的社会。

这席话说得很好。这是一个人类面临的共同的问题。

我在一位乡下的老奶奶家里，看到她精心贴制的相片簿。她已87岁，簿子里，有她周岁时的照片，还有她曾祖父和曾祖母的照片。想想看，多么久远的家族史，相片中的人物穿着福尔摩斯式的服装，笑容意味深长。照相术是西方发明的，他们得天独厚。所以，我在中国的家庭里，从来没有看到过这样成体系的照片阵营。老人家把照片，按照人物和时间排列组合，从树根到树枝，每一根枝杈都交代得很清楚。于是我们在照片上认识了她所有的叔叔和姑姑还有姨姨们，以及他们的配偶，包括离婚和再婚的沧海桑田。当然，这棵大树的主干，是女主人自己。我记得她招呼我们来看她的影集时那神采飞扬的样子，好像一个清纯少女。她喊着，快来看啊，我那时像嘉宝一样迷人！

老人家还真不是吹牛，她年轻的时候，雍雅非凡。

古树小的时候，枝叶繁茂。嘉宝奶奶读书的照片、打篮球的照片、郊游的照片、旅游的照片……如春天的花瓣映入眼帘，让人目不暇接。以后是结婚生子，四处迁徙，岁月更迭，丈夫逝去……到了嘉宝奶奶晚年的时候，大树已被岁月蛀空。黄叶飘零，先前出现的诸多人物，一位位销声遁迹，大约已魂归天国。新生的绿叶们，童年照还是很密集的，但走出校门之后，身影就渐渐稀疏，戛然停止在结婚照的阶段，便了无下文。

我正要感叹，翻过一页，但事情又有了转机。出现了一大长溜婴儿的周年照片，个个如同天使，可爱至极。我问，这都是谁啊？

嘉宝奶奶的脸，如同涂了釉彩一般闪亮起来，她用圆而开裂的手指肚点着照片告诉我，这个是外孙，那个是孙子，这个是孙女，那个是外孙女……

我说，这些婴儿真好看，真好玩，真想抱抱他们。

嘉宝奶奶有些古怪地看了我一眼，咕噜着说，好玩？你可抱不动他们。他们如今都是成年人了，最小的也有20多岁了。

我说，他们现在在哪里呢？

嘉宝奶奶说，不知道。不知道他们的确切地址。他们的爸爸妈妈只是在他们出生以后，寄来这样的照片，以后就再也没有他们的消息了。可能，还好吧？我很想他们，可是我想，如果不是他们特地来找我，我就是在街上看到他们，也不会认出他们来的。

那一瞬，嘉宝奶奶的脸上的釉彩剥脱了，遗下斑驳的水渍。

我想，老人家的要求并不高，她甚至不奢望那些孩子有机会来看望她，只是希望那些孩子能把自己的结婚照片给她寄来一张，让她孤寂而热爱怀旧和稍微有些虚荣的心，得到浅浅的满足。但是，那些幸福的孩子们，淡忘了这一点。

第二天早上，嘉宝奶奶混浊的眼睛里充满自豪，她让我看她藏在汽车库的储备物资。无数的瓶瓶罐罐，装着她自制的番茄酱、草莓酱，还有许多叫不出名来的饮料和食品，把车库填塞得像一家蹩脚的杂货店。她说有这么多好吃的东西，就是病倒在家里，就是下大雪，她也不害怕。

看着嘉宝奶奶心满意足的脸，我想起了老松鼠。秋风吹起的时候，忙着把松子松果搬进自己的树洞。嘉宝奶奶住在设备完善的老人院里，她有独立的别墅，每月只要付500美元，就会有专人帮助她打扫房间，收拾花园，代办一些杂事。如果她的身体状况不允许再这样独居，就可以搬到老人院的健康中心去，在那里有专门人员为她服务。当然，相应的费用也就比较高了，每月2000美元。如果她的健康进一步恶化，就会进入病房，有医护人员24小时不间断地照料她。费用自然也就更高了。嘉宝奶奶的经济并不困难，所以，从技术层面来讲，她并不存在着在风雪交加的冬季，出现没有吃的被大雪围困的危急情况。她的那些储备，也许派不上多少实际的用处。但我能体会到嘉宝奶奶的心境。一个身边没有任何亲人的老人，她的心灵是不安全不安宁的。她要在自己一息尚存的时候，努力地多储备一些过冬的物品。这些食物最重要的功用，不是填满她那日渐萎缩的胃，而是镇定她老人家紧张不安的心。

我还参观过一家老人院的洗澡间。院方很骄傲地告诉我，这个给残疾老人洗澡的装置，是他们自行研制成功的，在美国也很少见。我细细地绕着这个被称为“洗澡机”的装置，看了半天。整体看来，它好像一个半人高的塑料桶，其中一部分好似圈椅，人可以舒服地坐在里面。另外一部分是可以自由开合的。老人的轮椅开到洗澡机旁边，通过一定的操作，就能比较方便地从轮椅上转移到洗澡机的座位上。然后关上洗澡机的舱门，按动开关，适宜温度的水就注入到洗澡机里面了，再过一会儿，除了头部以外，人就整个地浸泡在洗澡机里了。

可是，谁来按摩老人的身体呢？我问。洗澡机虽然很先进，但洗澡洗澡，最重要的步骤是“洗”，单单是把人装进机器里，泡在水里，就好比是把衣服塞进了滚筒，事情才刚刚开始呢。

院方的工作人员向我指出了一些开关，可以让水流发生螺旋般的流动，还有震颤……我看明白了，利用了洗衣机的原理，将人当作羊毛衫一样地揉搓冲荡，只是省去了甩干这个步骤。看着这个像太空舱的座位一般的洗澡机，我不知说什么好。我觉得洗澡的一个最基本的动作，是手指和手掌对皮肤的触摸——自己抚摸自己。在这个过程中，首先感到爱惜和愉悦，其次才是清洁。如果自己做不到这些了，由他人来帮助自己完成，那就是人和人亲密关系当中最紧密的一种了。因为你看到我的每一寸肌肤，你爱护我，帮助我，你不嫌弃我日渐老迈松弛的皮肤，你和我感受同样的水和温度……这一切，是隐秘亲近并且激动人心的。可是，在洗澡机里，机器代替了一切。一个孤寡残疾的老人，被人推送到这里，然后被关上了洗澡机的门，旋钮启动，就再也没有人看顾他了。水流机械地旋复，冲击着他的胸腹，单调而刻板。我不知道从统计学的角度来说，洗澡机的洗净度是怎样的，想必应该不错，也许，比人的手洗更洁净也说不定。但洗澡中的诗意和温暖，一定也被同时洗去了。洗澡变成了一道工序。

我问院方的工作人员，为什么不能安排一些人工来给老人洗澡呢？

工作人员说，美国的人工是很贵的，院方支付不起这笔费用，所以设计了洗澡机。

我说，来用它洗澡的老人多吗？

工作人员说，不多。老人们不愿用。

我想，是的。肯定会是这样的。在孤寂的震荡中，独自体验自己的衰老和残疾，是一件残忍的事情。连洗澡这件事都变得如此工业化，老人们会很不习惯的。不到万不得已，没有人肯进这个洗澡机。

在一次家庭宴会上，我看到一位老人，戴着一条非常美丽别致的项圈，那上面有十一块宝石，颜色形状各不相同，但看得出，每块都很名贵，在灯光下发出彩色的射线。老奶奶身体的每一部分，都向着她的项圈倾斜着，你在看到她的那一刹那，必会注意到她的项圈。因为她的表情、体态和所有的肌肉，都像指针一样指向了她的项圈。如果你注意不到她的项圈，你简直就是一个瞎子。如果你注意到了她的项圈，你不过问这件事，那你简直就是对她的大不敬了。

在这种压力之下，每个人在寒暄之后，都要夸奖她的项圈。她就如愿以偿了，情绪高昂地说着什么。轮到我与她见面，我的谈话也从项圈开始。这是我看到过的最美丽最别致的项圈之一。我说。

这可并不全都是客套。那项圈的确是独一无二的，晶莹璀璨。

谢谢。它的确是独一无二的。我把毕生积攒的名贵宝石都拿了出来，我自己设计了这个样式交给工匠，无论从价值还是款式来说，它都极为名贵。而且，对我来说，它的价值更是无可估量的。因为这个项圈有很大的象征意义。老奶奶说。她说话的时候，脑袋摇个不停，脖子上的项圈就宝石相撞，精光四射，仿佛一串电焊的火花。

话说到这个份儿上，脖子晃成了这个样子，出于礼貌，你就是再没兴趣，也得问老人家这个项圈的象征意义是什么。

老奶奶就像一个好猎人下了套子，看到你的爪子果不其然地被她绊住了，兴奋溢于言表。她说，我这十一块宝石，代表我的十一个孙子和孙女。蓝色和绿色的宝石，代表的是男孩，粉红色和橙黄色的宝石，代表的是女孩。现在，你已知道了这个秘密，你仔细地数一数，我有几个孙女几个孙子？

我很精心地数过了，但老奶奶究竟有几个孙女几个孙子，又忘记了。记住的只是她那张充满期待的脸和筋络缠绕的脖子。项圈是美丽的，但如此近距离地观看一张苍老的面庞，在晶莹剔透的项圈的映照下，有一种残酷的枯萎。

也许是太想让老奶奶高兴了，我千不该万不该，问了一句话：您的这十一位孙女孙子常常来看您吧？

老奶奶的脸色黯淡下来，喃喃地说，是啊，他们来过，可是，已经很久不来了……

整个晚上，我都为自己的贸然发问后悔不已。

不。直到今天，我都为自己的贸然发问后悔不已。我为什么要自作聪明地用手指捅一位老人期待和自豪的泡沫？

有时，我看到大街上的女孩戴着灿烂的宝石项圈，会不由自主地想到，天底下，无论是东方还是西方，无论是中国还是美国，有没有这样一个女孩，在盛大的宴会上，骄傲地指着自己项圈上的宝石对来宾说，这块蓝色的宝石，是纪念我的祖父，这块红色的宝石，是纪念我的祖母。他们永远在我心中。

有吗？

有吧。

机场悬红

我和安妮每人得到了一沓厚厚的机票本，好似一本有着细腻文字的质地很好的天书。在一个月内，我们要有数十次的飞行，穿梭美国这块辽阔的大陆。每当我们上天的时候，就要从本上撕下一张来喂给钢鸟，它吃下去才肯驮我们远行。

那一天，要从纽约飞往佛罗里达。头晚看天气预报，电视画面上一个巨大的旋涡，铁环似的掠过美国的南部。心房乱颤起来，怕这股浓烟滚滚的台风，搅乱了我们精确设定的日程。第二天，早早地便起床了。我至今还保持着一个糟糕的习惯——每当要出远门的时候，内心就无端地惴惴不安，好像要有什么祸事即将发生。早先窃以为自己具有神秘的第六感，能预知未来。后来屡屡失算，才晓得不过是杞人忧天，没多少准头。这一次，异国他乡的，但愿我那脆弱的直觉，早就因为水土不服昏睡过去了，此刻只是从未出过远门的乡下农妇式的多疑。在狠狠地自我批判之后，心中方稳定一些。

吃了早餐，在饭店大堂等待出租汽车到来的时候，有一个短暂的空闲。我迟疑地对安妮说，我有一个小小的请求，不知当不当说。安妮非常体贴地说，毕老师，你有什么想法尽管提。如果是合理的，我做得到，我会尽力。如果我做不到，我会坦率地告知你。这就是我的工作，你不必客气。

我说，安妮，你说得这样诚恳，那我就直说了。我在纽约待了这许多日子，走访了很多非常重要的机构，受益匪浅。但是，我没有到过任何一家博物馆，甚至，连自由女神也没见上一面。今天就要走了，博物馆自然是来不及了，等以后再有机会到美国来时弥补吧。我不知今天我们到机场的路上，能否看到自由女神？如果不顺路，可否和司机商量，请他绕道，让我一睹自由女神的风采？

安妮思忖片刻道：我很愿意帮助毕老师满足这个心愿，但要看出租汽车司机是否答应。因为机场与女神并不顺路，要特地拐往自由岛，需要足够的时间。再者，因为这是你个人的额外要求，需要你自己支付这一部分的车费。

我说车费我可以出。

剩下的事，就是盼望派来的出租汽车司机是个爱赶早的人，有事好商量的人。在某种程度上，是一个爱赚小钱的人，为了挣我多付出的那一部分车费，愿意额外绕路。

司机来了。一个高大的黑人。纽约的出租汽车司机好像都是黑人，都很高大。安妮说了我们的要求，他点头答应了。于是我成功地看了一眼自由女神。这一眼，价值12美元。

到了机场，时间已很紧。我们推着行李，好不容易排到柜台跟前，方被告知预订的航班被取消了。

我说，是不是因为台风？

安妮说，不是。是因为罢工。

罢工在我们的字典里，一直是个正面的词汇。比如安源煤矿大罢工，京汉铁路大罢工……都是劳动人民扬眉吐气对付资本家的有效手段。现在可好，我作为普通民众，领略了罢工的厉害。

怎么办呢？安妮说，因为我们的安排十分紧凑，今天必须赶到美国最南端的基纬斯特岛。所以，只有改签其他航空公司的飞机。于是安妮同机场的工作人员交涉。

在中国，机场工作人员基本上都是年轻人，俊男靓女手脚灵便。态度不一定好，但耳聪目明是没问题的。如果他不搭理你，那就是他成心冷落你，并非反应迟钝。但在美国，机场工作人员中，实在是不乏步履蹒跚耳聋眼花的大爷大妈。态度不错，然效率甚慢。安妮交涉了很久，当值的黑人老大爷愁肠百结的样子，不是他不愿帮我们换航班，而是在浩如烟海的航班中，他找不出合适的方案。最后，他把硕大的头颅摇得风摆荷叶，苦笑着起身找来了一位女士，好像是他的上级。

我吁了一口气，希望燃烧起来。这是一位穿着非常得体的黑人女士。我想，一个女人，可以把统一发放的制服，收拾得这般妥帖精当，想必她在处理其他事务的能力上也有过人之处。果然，她飞速地击打着电脑键盘，一会儿工夫就很利索地安排好了我们新的航班。只是，要到另外一个机场去，而且，时间很不宽裕了。

我拎着箱子就想飞跑，不料安妮依然沉着同她交涉。甩我在一旁着急。机场女士认真地听着安妮的陈述，间或有一两句插言，好像在讨论和争辩。最后，看来是和安妮达成了某种协议，大家友好地告别了。

我问安妮，有什么麻烦吗？看你寸土不让的样子。

安妮说，我在索赔呢。

我说，索什么赔？不是已经安排好新的航班了吗？

安妮说，我要求了四项赔偿。

我吓了一跳，心想，人家没误了咱今天的航程，感谢都来不及。天灾人祸，有什么办法。还赔偿，且是四项，真有本事。

安妮说，第一项，因为我们马上要赶到另一家机场，须支付咱们的出租汽车费。第二项，现在就要到吃午餐的时间了，按照原来的安排，我们的这顿午餐是在飞机上免费享用的，现在由于你们的失误，让我们不得不自己支付午餐费，所以，要给补偿。第三项，我们的朋友已经在目的地准备接站，现在要打电话通知他们改变时间，这笔电话费，应由你们负责。第四项，这边的行李搬运出机场和到达那边机场后的行李搬入以及小费，都是由于你们的责任造成我方的额外付出，所以，你们也要补偿……

我先是目瞪口呆，然后是心悦诚服，再后是感叹不已。我说，那个美丽的女人把这一笔笔的钱，都给你了吗？

安妮说，OK！只是因为午餐的数量难以衡量，她给了我两张机场餐厅的免费用餐券，再有出租汽车费用也不好确定，她安排机场的车送我们。至于其他的钱，都已打入我的信用卡，等一会儿，由我来支付这些费用就是了。

我颇多感慨。想起在国内多次被延误航班的经历，蜷缩在大厅的地上，好似难民。记忆中最好的一次待遇——无端的8个小时苦等，凭着机票排队。一位面无表情的小姐，在机票上狠狠地打了一个钩之后，我领到了一小瓶矿泉水。又一想，古话说他山之石，可以攻玉。只怕他山之玉再美，但石头顽固，久攻不下。

吃了机场的午餐，坐着机场的车，到了新的机场。在候机的队伍里，突然看到一男子龇着牙向我们友好地笑。我说，安妮，他好像认识我们。安妮说，是啊，刚才他也在那个机场候机，也被改签到这里了。同病相怜，狭路相逢，所以微笑。

我说，你问问他得到了多少赔偿。

安妮问过之后，对我说，他一项赔偿也没有得到。因为他没要求，人家给他签了字，他就扭身走了。

于是，我就坐在机场宽大的皮椅子上呆想。原来，这他山之玉，也并非那么玲珑剔透，也有看人下菜碟一说，遵循的是“告诉了才处理”的原则。如果没有安妮的据理力争，我们也是两手空空。想想，不禁又生疑虑和悲哀。当然我不知道那位未获得丝毫赔偿的先生，是否真的不需要赔偿，单从他悻悻的神情来看，似乎也有不满。消费者的利益，能否从商家那里得到充分的保护，看来和自我的捍卫能力有很大的关联。

下了这一班飞机，换乘的时候，听到机场的播音员用很焦灼的声音，一遍又一遍地播送紧急通知。我问安妮，是不是台风的消息？我们今夜能否安全到达基纬斯特？

安妮笑说，毕老师，咱们要不是今晚必须到达基纬斯特，眼下倒是有一个发一笔小财的机会。

我说，讲来听听。

安妮说，刚才的通知是：此地有两个人急着要到基纬斯特岛去，但今天的小飞机已经满额。那二人悬红说，如果谁愿意把飞机票出让，他们愿意以每席250美元酬谢，并负责出让者今晚明晨在这里的宿费餐费。

一个很有趣也很有用的方法。冥思苦想搜索记忆，在我的经验中，国内的机场，从未有过这样的悬红方式。当我们被告知某班的机票售罄，除了自认倒霉就是找领导或是熟人，看有无后门可开。如果没有，就无计可施了。其实乘客的情况千变万化，有的人十万火急，需立即到某地去，有的人却优哉游哉，早一天晚一天无所谓。如果能以时间换金钱，去留两相宜，何乐而不为？只是，我们的机场广播员肯播出这样的启事吗？

播音员念了一遍又一遍……后来，突然就不念了。

待我们坐入飞往基纬斯特的小飞机时，我好奇地张望了一下周围。不知道那两个有急事的人，是否已换到了这架飞机上？他们会是坐在我身旁的这两位喜气洋洋的男子吗？

一点七亿只碟子

列车的窗口，我在眺望。窗外是苍凉的荒漠，天边是如血的晚霞。从美国中部到西部的旅行。吃晚饭的时间到了。陪同安妮对我说，咱们到火车上的餐厅去吃吧。我说，安妮，我坐车的时候，对颠簸特别敏感。在车厢里走动，头晕得像打秋千。安妮说，吃晚餐的时候，我们和旅途中的美国人混坐一桌，也许会发生有趣的谈话。

既然吃饭也被赋予了工作的意义，我就起身，踉踉跄跄地随着安妮到达餐厅。

餐厅有雪亮的光和艳丽的玫瑰花，餐桌小巧，可落座四位。我们靠窗边坐下，看着渐渐暧昧下去的风景。还没来得及点菜，就听到温文尔雅的问话，请问，我可以坐在这里吗？

抬头看，一位高大的美国青年，穿着银灰色细条绒的夹克衫，微笑着看着我们。我和安妮相视一笑，然后点点头。看来这是一个爱说话的小伙子。

细条绒刚坐下，就又听到略显局促的问话——我可以坐在这里吗？

我和安妮又是连连点头。

“局促”是一位40多岁的男子，青着下巴，皱着眉头，散淡忧郁的样子。

大家刚要攀谈，一位穿着浆洗得雪白的工作服的老人，拿着菜单，请我们点菜。

于是大家就各自沉浸在对晚餐的谋划上，一时无话。我的胃因为晕车，像个乱七八糟的鸟窝，就只点了一份蔬菜沙拉。

等候上菜。谈话从沙拉开始了。

你为什么吃得这样少？细条绒很关切地问。

吃不惯，我说。除了晕车的不适，这也是实话。到美国已经半个多月了，我得了一个深刻的教训，就是不敢吃菜谱上扑朔迷离的食物。万一不合口味，剩在公众场合，十分不妥。应对的方式就是只吃那些确有把握的食品。但说句真心话，这块大陆上能适合中国胃的食品，的确有限，更不消说在震荡的火车上了。

啊，明白了。你们是日本人，所以不习惯。细条绒恍然大悟。

这位女士不是日本人，是中国人。安妮纠正他。

细条绒苦笑了一下说，对不起。在我看来东方人都差不多，常常分辨不出。不过，我知道，日本菜和中国菜味道是很不同的。

安妮说，你常常吃中国菜吗？

细条绒一下子神采飞扬起来，说，我最爱吃中国菜了。我住在纽约，是一位电脑工程师。你知道美国青年中，如今最时髦的生活方式是什么吗？那就是——第一，单身住在纽约的小公寓里。第二，在一家电脑公司工作。第三，吃中国菜。

安妮说，这么说来，你是又有钱又时髦了。

细条绒很谦虚地说，有钱，谈不上。如果我真有钱，就不会仅仅局限在吃中国菜，而是要到中国去旅游。我正在朝这个方向努力。

我忍不住插嘴道，你怎样努力呢？

细条绒说，我的努力分为两个方面。第一个是攒钱，旅游是很费钱的，这我就不多说了。第二个是努力地研究中国的历史。

尽管高速行驶的火车，毒害着我的胃和思维，但我还是对面前的这位美国青年产生了很大的兴趣。我说，哦，能把你研究的收获告诉我一些吗？

细条绒很得意，说，当然可以了。我主要认为中国对待慈禧太后的看法是不公正的。一个女人，能够执掌这样一个古老帝国的最高权力，这是很先锋很前卫的。在宫廷的斗争中，她是弱者，是男人们的牺牲品。中国的义和团对待外国人，是很残忍的，这是愚昧……

还没等我把目瞪口呆的表情表达充分，那位忧郁的“局促”先生，就一点也不局促地开始了反击。他说，你这样看待中国的义和团，我不能同意。一个国家的人，如何对待进入他们国家的人，是有选择的自由的。你凭什么站在100年以后的时空，对着他们指手画脚？你没有这个资格！

如果此刻在餐桌上方的空气中，挂上一只活龙虾，我猜它的颜色会立刻由雪青变成洋红。

细条绒还算保持君子风度，说，我可以知道你是谁吗？

“局促”先生说，我就在好莱坞工作。我看，你对中国的了解，就是来自好莱坞。可那是逗人笑的。

细条绒说，不，这和好莱坞无关，是我自己思索的结果。

“局促”面露不屑。

我觉得自己必得说点什么了。我说，我作为一个中国人，很感谢你们了解中国的愿望。但是，以我这次到美国来的经历，我觉得你们对中国的了解比较狭窄。中国的历史很复杂，恕我直言，美国有200多年的历史，中国有5000多年的历史，是美国的20多倍。与其面对历史的中国，不如面对现实的中国。特别是目前的中国，是一个正在发生巨大变化的国度。

细条绒和“局促”，都安静了下来。正好，各自要的菜肴也上来了，一时间，叉勺碰撞的声音，掩埋了争执的硝烟。

看来食物有助于缓解争论的尖锐，待吃到半饱，细条绒已然恢复平静，脸上重新出现孩子般的笑容。他对我说，我是要到中国去亲眼看一下。说实话，中国是一个令我害怕的国度。

我说，为什么呢？是不是害怕中国的治安不好？我可以很负责地告诉你，在中国旅游的外国人，应该是很安全的。

细条绒说，不是这个意思。虽然在我的感觉中，好像每一个中国人都会中国功夫，一发起火来，就会“嘿嘿”地呼出白汽，但我是一个和平的旅游者，身体也很棒，安全上应该没太大的危险吧。我说的害怕，是猜不透中国到底想干什么。

他用毫无杂质的蓝色眼珠看着我，证明迷惘的深不可测。

我的迷惘一点也不比他少。我说，我不知道你指的是什么。

细条绒说，中国为什么要到美国来抢饭碗？为什么让美国的工人没有饭吃，减少了美国的就业机会？你到街上看一看，随便拿起一件衣物，一种器具，翻过商标一看，都是中国制造的。中国的产品覆盖了美国，很便宜，让美国人又恨又怕。再这样发展下去，美国的工业就将不存在了。这难道不是很可怕吗？

他说到这里，露出了深深的忧虑。如果我看得不错的话，还有怨恨。

这场谈话，已经从餐桌上的礼仪寒暄，演变成了某种实质性的分歧。

我顿了一顿，让自己的胃先安定下来，保持腹肌的稳定。因为我不想让自己在下面的谈话里，显出力不从心或是上气不接下气的狼狈。保养好自己的设备之后，我说，你说得很对。在美国的商店里，有很多标有中国制造的产品。可是，我不知你注意到了没有，有无细致地分过类？你说铺天盖地的中国产品，到底是些什么东西呢？

细条绒是个听话的小伙子，他的眼珠开始向左上方转动。我知道，他开始了回忆。

我说，恐怕主要是些纺织品和日用品吧？我可以坦率地承认，基本上都是低档的产品。在纽约第五大道那些豪华的店铺里，几乎没有中国制造的产品。在我参观的设备精良的医院里，没有中国制造。我在美国走了这么多的机构，看到了无数的计算机，但是，也没有一台是中国制造的。但我可以告诉你，你将来到中国也可以亲眼看到，中国有多少精密仪器和计算机，是美国制造的。

你说得很对，因为中国廉价的劳动力，一些劳动密集型的产品，美国将不再制造。比如，这个碟子……

我说着，举起了刚才侍者送上来的一个碟子。很普通的那种白瓷碟，在餐厅明亮的灯光下，反射着清淡的光辉。细条绒和“局促”的目光，随着我的碟子而转动。我接着说，不错，有一天，美国人真的可能不做碟子了。可是美国人在做别的。如果你说中国人扼杀了美国人的碟子，我想告诉你们一件事。

我这次到美国来，什么让我感觉到最熟悉呢？是美国的飞机。为什么呢？因为在中国的天空，我们的民航飞机基本上都是美国制造的。从波音到麦道，各种型号一应俱全。我在中国看到过一个报道，中国上海和美国合作，制造出了自己的飞机。但是，没有哪家国内的航空公司愿意购买这种飞机，于是，中国国产的大型民航客机，从它试飞成功的那一天起，就被打入了冷宫。至今，孤零零地停在停机坪上，经受风霜雨雪。

我举起手中的碟子说，小伙子，你知道这只碟子多少钱吗？

细条绒老老实实地说，不知道。

我说，我在超市里看到过，我记得售价是0.99美元。中国将这个碟子出口到美国的价钱，一定还要低很多。但为了计算的方便，我们就姑且把它算作1美元一只吧。

细条绒点点头。不知道我葫芦里卖的是什么药。

我说，你知道一架波音777的售价是多少吗？

细条绒又老老实实地摇头。

我说，是1.7亿美元。

我说，既然是贸易，就会有来有往。中国用什么来买美国的波音飞机呢？目前用的主要还是资源和劳动力。比如碟子，中国人要用1.7亿只碟子，才能买到一架波音飞机。一只碟子咱们算它1厘米厚，1.7亿只碟子，是多少呢？一只靠着一只地排列起来，就有170万米长啊。这是怎样的数字？我明白你对美国人不再制造碟子感到痛心，但也请想一想，中国人在造碟子的同时，也委屈了自己制造飞机的能力。孰重孰轻？

细条绒大张着嘴，吃到一半的通心粉卷在叉子上，半天送不到嘴里。

他说，你说的这个角度，我从来没想到过。你这样一说，我觉得很有道理啊。看来，我会提前结束我的旅游，赶回纽约。

我说，你刚走出来，还没有到达目的地，怎么就想回去了呢？

他说，我要赶回去挣钱。赶快攒够到中国旅游的钱。你的关于碟子的比喻很有趣，我会讲给其他的朋友听。要知道，在美国，持我这种观点的人，很多的。

我说，那就谢谢你了。

一直没有说话的“局促”，说，今天，是我旅行的第三天了。我今年50岁了，这条路，我30年前独自一人走过。那时，我从纽约到洛杉矶，路上用了7天。在美国，火车是旅游的工具，不是交通工具。这一次，我又要用7天的时间。比乘飞机慢多了，花费也多。

我说，你故地重游，一定有很多感触。

“局促”说，景色没变，人老了。我之所以要旅行，就是想在途中，碰到与众不同的人。可惜，前两天遇到的人，都是在都市中随处可见的人。人们疯狂地从城市逃出，想不到在野外，遇到的还是这些人。我是搞艺术的，我很富有。可是我痛苦不堪。

我说，看来你很孤独。人群中的孤独。

他低声说，你说得对极了。没有人的时候我孤独，有人的时候我更孤独。你们来自东方，在东方的哲学里，可有抵抗孤独的良方？

我站起身来，说，欢迎你们到中国去。我不敢说那里有什么良方，但我想说那是另一种文化。地球上的人，应该尊重彼此优秀的文化，保存下来，以寻求更适宜的生存状态。不要单纯用经济的贫富来衡量文化的优劣，那样，吃亏的将是整个人类啊。

饭吃到这会儿，已经距离填满肠胃的目标很远了。我说，到中国去看看吧。我们的火车可能没有这样舒服，但我们的饭菜会更有味道。

费城被阉割的女人

写下这个题目，心中战栗。这不是我起的题目，是她自己——那个费城的女人对自己的命名。在那个秋天的午后，在费城雪亮的阳光下，我们都觉出彻骨的寒冷。

从华盛顿到纽约，中途停顿。从费城下火车，拖着沉重的行囊。我们（我和翻译安妮）要在这里拜会贺氏基金会的热娜女士，进行一场关于女性的谈话。在计划书上，这样写着：我们将同贺氏基金会的负责人热娜共进午餐，地点由她选定，费用AA制。

热娜是一位身材瘦小的白人女性，面容严峻。握手的时候，我感到她的手指有轻微的抖动，似在高度紧张中。她同我们抵达一座豪华的五星级饭店，闹得我也开始紧张。

我觉得美国人普遍受过训练，谙熟在察觉自我紧张之后的处理方式，那就是将它现形，直接点出紧张的原因，紧张也就不攻自破了。落座后，热娜挑明说，我有些紧张。通常我是不接待新闻和外事人员的。只是因为你是从中国来，我才参加这次的会面。基金会接到来自世界各地妇女的咨询电话，每年约有10000次。但是，来自中国的，一次也没有。从来没有。

我说，当中国妇女了解了贺氏基金会的工作之后，你也许就会接到来自中国的电话了。

热娜开始娓娓而谈。

贺氏基金会主要是为可能切除子宫和卵巢的女性提供咨询。在基金会的资料库里，储存着最丰富、最全面、最新近的有关资料，需要的女性都可以免费获得。

据我的统计，全世界有9000万妇女被切除了子宫，其中的6000万被同时切除了卵巢。在美国，每年60万妇女被切除了子宫，其中的40万同时被切除了卵巢。卵巢和子宫，是女性最重要的性器官，它们不是不可以切除，但那要为了一个神圣的目的，就是保全生命的必需，迫不得已。而且，身为将要接受这种极为严重的手术的女性，要清楚地知道将要发生在自己身上的是怎样一回事，它有哪些危险，不但包括暂时的，也包括长远的。

但是，没有。没有人告知女性这一切。有多少人是在模糊和混乱的情形下，被摘除了自己作为女性特征的性器官。我个人的经历就是最好的说明。

我的经历对我个人是没有什么帮助了，但我要说，因为它对别的女性可能会有帮助。厄运是从18年前开始的。我在宾夕法尼亚大学心理系任助理研究员，同时还在上着学。那时我36岁，有三个孩子。每天很辛苦，早上五点半起床，送孩子到幼儿园里去，晚上十点半才能回到家。我的月经开始不正常，出血很多。我的好朋友为我介绍了一个医生，我去就诊。他为我做了检查之后说，我的子宫里有一个囊肿，需要切除。我很害怕，就连着看了5个不同的医生。他们都说需要切除。我记得最后一位是女医生，她说，你必须手术，你不能从我这里回家。因为你回家之后就可能会死，那样你就再也看不到你的孩子了。我说，做完了手术之后，会怎么样呢？她说，你会感觉非常好的。我还是放不下心，就到图书馆去查资料，书上果然说得很乐观，说术后对人不会有什么影响。我相信了这些话，同意手术。

手术的前一天晚上，我的感觉不好，很不好——我的第六感告诉我。我把不安对丈夫说了，他是一个律师，听了以后很不高兴，说你不要这样婆婆妈妈的，医生说你不做手术会死的。填手术申请表的时候，他说，这上面有一栏，必要的时候，除了子宫以外，可能会切除你的卵巢。我说，我不切。他说，可是我已经签了字了。我说，你换一张表吧，另签一次。这件事我记得非常清楚，那是犹太节的前一天。

后来，在手术中，没有征得我们的同意，医生就把我的子宫和卵巢都切除了。我是满怀希望地从手术中醒来的，但没想到，我整个地变了一个人。那种感觉非常可怕，没有词可以形容。我从医院回到家里，觉得自己的房子变得陌生，一切都和以前不一样了。我极力说服自己忽视和忘记这些不良的感觉，快乐起来，但是我的身体不服从我的意志。子宫不仅仅是一个生殖的器官，还分泌激素。切除之后对女性身体的影响，大大地超过人们的想象。据统计，76%的女性切除子宫之后，不再出现性高潮，阴蒂不再接受刺激，阴道内也丧失感觉。很多女性的性格发生改变，变得退缩，不愿与外界打交道，逃避他人。如果你因此去看医生，医生总是对你说，这是心理上的问题，但我要用自己的经历说明，这不是心理上的，而是生理上的。

我的身体一天天差下去，做爱时完全没有感觉，先生就和我疏远了。我把自己的感觉告诉他，我说，我走路的时候，总是听到声响，我以为是背后有人，回头看看，没有人，可是那声音依然存在。后来我知道了，那声音是从我的盆腔里发出来的。可他不愿听。两个月后，我的情况越发严重起来。我的腿、膝关节、手腕、肘部……都开始痛，我连吃饭和打电话的力气都没有了，甚至看书的时候，都没有力气翻动书页。我去看骨科医生，他说我的骨骼没有毛病。但是我的症状越来越重，医生们怀疑我得了某种不治之症，把我关进了隔离室。我连被子的重量都承受不了，医院就为我定制了专门的架子，放在床上，以承接被子的重量。

就这样煎熬着。医生们不知道我得的是什么病，但我非常痛苦。后来，我的丈夫和我离婚了。有一位实习医生说，他认识中国来的针灸大夫，或许能看我的病。我半信半疑地到中国城去了一趟，那里又脏又破，简陋极了。我是一个受西方教育的人，我很相信西医。我什么也没同针灸大夫说，转身就走了。

这样又过了两年。我的体重下降得很厉害，只有75磅，再不治，我马上就要死了。每天睁开眼，我就想，我还有什么活下去的理由呢？我想自杀。但我想到，一个孩子，他可能有第二个父亲，但他不会有第二个母亲。为了我的孩子，我要活下去。后来，我的朋友把我抬到针灸大夫那里。前几次，好像没有什么明显的疗效，但是从第四次起，我可以站起来了。到了第二个月，我的骨骼就可以承受一点重量了，我能戴手镯了。

每周两次针灸，这样治疗了9年后，我的身体渐渐恢复，我开始研究我所得的病，收集资料。我的孩子也帮着我一起查找。这一次，我找到了我的病的原因，这是子宫切除后的典型症状之一。此后的两年里，我一直钻在图书馆里，直到成为了这方面的专家。

这时候，我遇到了一位同样切除了子宫的女性，她只有28岁，切除术后，也是感觉非常不好。她对我说，医生为什么没有告诉过我这一切？他们只说术后会更好，但真实的情况根本就不是那么一回事。她还说，在事先，我也问过一位同样做过这种手术的女友，我问她，是会比以前更好吗？她说，是的，是这样的。当我做完了手术，感觉很不好的时候，我再次问她，她说，她的感觉也很不好。我说那你为什么不在事先告诉我实话呢？她说，她不愿说实话。她不愿独自遭受痛苦，她希望更多的人有和她一样的遭遇。

这时我才发现，有这种经历的，不仅仅是我一个人。在女人被切除子宫和卵巢之后，改变的不但是性，还有人性。我还见过一个女孩子，只有18岁，简直可以说是个儿童，也被切除了子宫。她热泪盈眶地说，为什么没有人告诉我这一切？她的母亲也曾做过子宫切除，但她的母亲也告诉她，做过之后会更好。在手术之后，她对母亲说，为什么连你也不告诉我真相？母亲说，没有人敢说我没有性别了，说我丧失性了。就算我是你的母亲，这也是难以启齿的事情。这是隐私，你不可能知道真相的。

我知道这不仅仅是我个人的事情了，是众多的女性所面临的重大问题。我要尽我的力量。我到电视台去宣讲我的主张，我的孩子和我离婚的丈夫，都在看这个节目。我吓得要命，临进演播室的时候，我一口气吞下了两颗强力镇静药。

我说，这个世界上有这么多被阉割的女人，有多少人是清楚地知道将要发生的一切，会给她们带来怎样深远的影响？医生不喜欢听“阉割”这个词，但事实的真相就是如此。我做研究，我喜欢用最准确、最精当的词，来描述状态。无论那状态有多么可怕。这些女人有权利知道将要发生的事件。

我说，不要以为在这个过程中，女医生和过来人的话就可以听。女人伤害起女人来，背叛起女人来，也许比异性更甚。人性的幽暗在这里会更充分地暴露。

劝你做子宫摘除术的女医生会说，你还要你的子宫干什么？你已经有孩子了，它没有用了。在这种时候，女医生显示的是自己的权力。她只把子宫看成是一个没用的器官，而不是把它和你的整个人联系在一起。

在美国，摘除女人的子宫，是医院里一桩庞大的产业。每年，妇女要为此花费80亿美元。这还不算术后长期的激素类用药的费用。可以说，在药厂的利润里，浸着女性子宫的鲜血。所以，医生与药厂合谋，让我们的空气中弥漫着一种谎言。他们不停地说，子宫是没有用的，切除它，什么都不影响，你会比以前更好。面对着这样的谎言，做过这一手术的女性，难以有力量说出真相，总以为自己是一个特例。她们只有人云亦云地说：很好，更好。于是谎言在更大的范畴内散播。

我并不是说子宫切除术和卵巢切除术就不能做了。我不是这个意思。我只是说，在做出这个对女性有重大影响的决定中，女性有权知道更多，知道全部。

那一天，我说了很多很多。我都说了。我不后悔，可是我说完之后，我在大街上走了许久许久，我不敢回家。后来是我的孩子们找到我，他们说，妈妈，你说得很好啊。

我成立了贺氏基金会，这里有最新的、最全面的资料。当一个女性要进行子宫和卵巢切除术的时候，可以打电话来咨询。这就是我现在的工作，完全是无偿的。我还组织全世界丧失子宫和卵巢的妇女来费城聚会，来畅谈自己的感受。在普通的人群中，你也许会感到自卑，觉得和别的女人不一样，甚至觉得自己不再是女人了。但在我们的聚会里，你会看到这个世界上，和你一样命运的还有很多人，你就有了一种归属感。你会更深刻地感知人性。

热娜一直在说，安妮一直在翻译，我一直在记录。我们在费城只做短暂的停留，然后就要继续乘火车到纽约去。各自的午餐都没有时间吃，冷冷地摆在那里，和我们的心境很是匹配。

热娜送我们赶往火车站。分手的时候，她说，我说了很多的话，你几乎没有说什么话。可我能感受到你是一个善良的人，我现在很会感受人。从当年那个中国医生身上，我就知道中国有很多善良的人。

旧金山佩奇街273号，禅宗临终关怀中心。一座宁静的建筑物，在居民区内。门口没有任何标志，只有高高的台阶。甚至连普通公共场合均有的残疾人坡道和盲道，这里也没有。我和安妮迟疑了半天。我们不能确定要拜访的专门和死亡打交道的这个中心，是不是这里。想象中，该是一座独立的白色建筑，有葱茏的绿树和不败的鲜花。这里，没有。起码是在外面看不到任何迹象，一如平凡的民宅。

进了门，在没有见到任何人之前，就认定是这里了。是空气告诉我们的。空气中弥漫着奇异的香气，让人有微微的麻醉和眩晕之感，但心的悸动就在这种奇特的香氛当中，平缓到迟慢。

禅宗临终关怀中心的布莱德先生慢慢地走过来，接待我们。他说话的语调也是慢慢的，举手投足也是慢慢的。慢，是这里不变的节奏。单是这一点，就已让人足够惊奇。在现今的社会里，你还能找到一家不是因为拖沓而是有意识缓慢办公的公司吗？在商业的交往中，你还听得到一个如冷泉般天然的女孩声音吗？越是发达的社会，那频率就越是不可思议地快，直到我们目不暇接地整体昏眩了。

相反，在这个一切都缓慢的房间内，我的精神异乎寻常地警醒了。

布莱德先生告诉我们，这家机构完全是慈善性质的，建立于1987年。这里有10位工作人员，还有150名义工。这个中心是没有医生的，也不用任何药物，它的主要工作，就是帮助人们安详地死去。

布莱德先生慢慢地说，死亡是需要学习的。临死的时候，很多人不知所措。没有人教授这种知识，当死亡到来的时候，人们一无所知。我们就是要帮助大家，当然，也是在帮助自己。只有懂得生命意义的人，才有勇气探讨死亡。只有对死亡有了更深入的了解，人才可能更深刻地把握生命。死亡，其实就是一切事物的本质。

这些话，有些玄了，不过倒是和这弥漫着奇异香氛的雅室相配。房间高大，布置得很有宗教气息，有一种空旷感。我说，这是什么香？

布莱德先生说，这是从印度带来的藏香，能够安抚人的神经。

我问，什么人才能住进这间中心来？

布莱德先生说，谁都可以住进来，只要你提出申请。我们的工作人员会到申请者的家中去看望他们，和他的家人谈话，以最后确定他是否可以来，什么时候来。因为这里是不做任何治疗的，只是接受如何面对死亡的训练。如果病人还有救治的希望，就不会接收他们到这里来。

我听得从内心向外沁冷，说，死亡的训练是怎样的呢？我很想知道。

布莱德先生说，当给予适当的条件的时候，人们是很愿意讨论死亡的。特别是当死亡迫在眉睫的时候。刚来的人，大都是比较紧张的，对死亡不了解，不知道自己将怎样迈向死亡。我们让他接受冥想训练。其核心就是当生命的最后瞬间，只有你一个人，你将如何走向死亡。这真是一个很有效能的训练。当反复训练终于完成之后，病人就不再害怕死亡了。我们把最后的时刻简称为“在床边”。因为死神是在床边领走我们。那种时候，往往是你一个人。当然，我们这里是24小时都有人值班，但我们不能保证你“在床边”的时候，旁边一定会有人。所以，每个人都要练习独自一个人“在床边”，在那种时刻，保持最后的平静。

我说，经过训练，病人“在床边”的时候，都能保持平静吗？

布莱德先生说，大部分病人都能做到平静。特别是入院时间较长的病人，基本上都是平静的。如果入院的时间太短，病人可能还未能完全训练好，有的人也依然在惧怕中逝去。这和每个人的情况不同有关，有的病人有太多未了的心事，还未学会放下。死亡是一个过程，我们对它要有准备。其实，就是突如其来的死亡，比如飞机失事或是外伤等，如果不可避免，平静就是最好的应对……

正说到这里，一名女士悄悄地走进来，在布莱德先生耳边说了一句话，布莱德先生站起身来，说，不好意思，有一件急务，需要我出去一下，很对不起。请稍等。

我们等了一会儿，又等了一会儿，布莱德先生还是没有回来。一位长得很秀丽的女士走进来说，布莱德先生还要等一会儿才能回来，你们不妨先在各处参观一下。

我和安妮蹑手蹑脚地在中心内部缓慢走动着。悄悄推开一扇门，雪白的床单下，一个黑人男子，瘦到骇人的程度，用骨瘦如柴这样的形容词，对他都是夸奖，简直就是几根紫铜丝拧成的轮廓，无声无息。如果不是他那大如鸭蛋的眼睛上的睫毛有微微的颤动，看不出一点生命的迹象。

我们逃也似的离开了这间屋子。

这是一个艾滋病人。这两天，他就要“在床边”了。秀丽的女士说。

楼边有一个小小的花园，有一些绿色的植物，因为已是秋天，没有想象中的葱绿，几片黄叶悄然落下，也是缓缓的，仿佛电影中的慢镜头。有一把椅子，角度放得很巧妙，正好对着花园里最美丽的一角。我说，我可以坐在上面吗？

秀丽的女士说，当然可以。我们这里经常住进艾滋病人，当他们还没有丧失最后的活动能力的时候，他们很愿意坐在这张椅子上看看风景。

哦，原来这是一张艾滋之椅。

我坐在上面，椅子很舒适，风景也很好。我看着面前的树叶，心想，这几片叶子，也许曾给若干位艾滋病人带来过安抚和宁静。如今，它们还在秋阳下焕发着最后的绿色，但那些触抚过它们的视线，已然被土壤掩埋。泥土中的视线，一定也还残留着丝丝绿色吧。

我请安妮给我照了一张相，在这张椅子上。

照完之后，我对安妮说，我也给你照一张吧。

安妮说，毕老师，我不照。我的手脚现在都是冰凉的。一会儿从这家中心走出去，我要立即进一家咖啡店，用滚烫的水暖暖我的胸膛和大脑。

我问秀丽的女士，这个中心自建立以来，一共有多少人从这里走向终极？

秀丽的女士说，她来这里工作的时间并不很长，关于具体的数目，不是很清楚。但她可以告诉我们一个数字，自建立中心以来，截至今天，在1267天中，这里每天都有人逝世。有时是一人，有时是多人。

正说着，布莱德先生回来了。他说，很抱歉，但是，没有办法。南希去世了，就在刚才。我到了她的床边，她很平静。

我说，南希是谁？

布莱德先生说，南希是我们这里一个病人。患乳腺癌，人很年轻，只有44岁。她在这里住了四周，刚住进来的时候，人非常紧张，非常恐惧。经过训练，她变得很平静了。刚才离世的时候，十分安详。

我们静默，脖颈处像卡着一块冰。想到就在我们方才漫步的时候，一条生命正向空中遁去，心中充满茫然。仿佛看见南希的灵魂正在这屋顶上，宁静地看着我们。

布莱德先生说，每当有病人去世，我们都会在他的床边，举行一个小小的告别仪式。现在，我马上就要到南希的床边去，我们只能就此结束了。

秀丽的女士说，她的亲人就是在这里去世的，她喜欢这里舒缓的气氛。亲人去世后，她就要求到这里来工作了。这里的特点就是宁静，在现代社会，找到这样一个宁静的地方是不容易的。这里的宁静，是很多的人，用心血营造出来的。她最后说。

怎样一个人独立地走向死亡？所有走过的人，都不会告知我们有关的经验教训。“在床边”，是一个新鲜的课题。我觉得，人在容光焕发精力充沛的时候，不妨花点时间琢磨琢磨这件事，真到了垂垂老矣气息奄奄之时，考虑起来就太艰苦了。平常日子，脑子转的速度不必那样快，步子的频率不必那样高，声音的分贝不必那样强，睡眠的时间不必那样晚……

浮潜加勒比海

美国本土的最南端——佛罗里达州的基纬斯特岛，我和翻译安妮在夜半时分到达，乘一辆吉普车似的小飞机降落在机场。机场很小，如同郊外的长途汽车站。甚至没有人查验行李，自己动手从传送带上取下行李，然后一头钻进被腥热的海风泡软的黑暗中。

安妮说，你等一等，我去取车。

接待方计划安排得很周到，考虑到小岛上交通不便，特地为我们租了一辆车。安妮从机场问讯处取到了一个密封信封，撕开信封就见到了车钥匙。我们掐着钥匙，拉着行李，到机场前面的停车场，去找我们的车。那种感觉好似要进山打猎，有一杆枪和一条属于我们的狗，正在不远处的山脚下等待着新主人。

很快找到了我们的车，一辆红色的雪佛兰。进到车里，很洁净。我说，好像是新车。安妮说，这是美国最普通的车，旧了便租不出去。安妮飞快地驾着车。在寂静的、杳无一人的沿岛公路上，雪佛兰如同一颗红色的保龄球，快乐地向前。我们找到下榻的旅馆，一栋美丽的白色建筑。因为抵达得太晚，管理人员已经入睡。录音中留给我们的信息是：××号房间的钥匙，压在门口的脚垫下。祝你们晚安。

在脚垫下摸到了钥匙，走进门，如同刚孵出的小鸡样的嫩黄色扑面而来。屋顶是黄色的，墙壁是黄色的，连同卫生间所有的瓷砖和洗手盆，都是杏黄色的。这种黄色让人先是不惯后是惊喜。对于中国人来说，明亮的黄色有一种潜在的禁忌，在漫长的时代仅属于皇室。凡人一眼见到，有一种消受不起的惊慌。

然而，还是从心底喜欢，葵花般的兴奋。

由于太晚，料定没有晚饭可吃。刚才在路边的小店，买了一种鱼肉做成的沙拉。我和安妮各自住下，我开始吃沙拉，有海水的味道，细腻软滑，浇了一些莫名其妙的汁液，酸而辛辣。

第二天，我们先去参观海明威的故居。街上有很多酒吧，好像每一座酒吧，海明威都曾在里面喝过酒。到了一间据说是海明威最常去的酒吧，我们要了一杯酒。据说这也是海明威最爱喝的。我一边喝着，一边觉出自己的可爱、可笑。已经这把年纪了，像是追星的少年。名人坐过的地方，自己也要安放一下屁股。不管海明威喝着这种饮料，听到水手讲了多么动人的故事；不论海明威在这种饮料的刺激下，萌发了怎样的灵感，我还是要说，那种饮料对我的舌头来讲，一点也不舒服。

缓缓地踱步。在这样的地方快快走，暴殄天物啊。一辆废旧的汽车，浑身贴满了闪亮的磁片，仿佛无数妖魔闪着银亮的脸，对着天空和海卖弄风情。我说，这是什么？安妮说，这是居民的创造。他们在玩。喜欢磁片，觉着磁片好玩，就把它们贴在旧汽车上，让过往的人也欣赏他们的杰作。

我点点头，表示明白。一边在想，不知道我的国家的人民，何时能有这份雅兴？

除了参观海明威故居，我们在这个岛上就没有固定的安排了。安妮说，我们怎样来度过这两天？我说，随缘分吧。我们就在路上走，看到什么好玩的事，我们就去参加。

于是我们就像两个真正的观光客，懒懒散散、懈懈怠怠地在路上走。我们先是沿岛转了一圈，在美国最南端的标志前照了相，然后在路边无数的小店流连忘返。这是一个纯粹的旅游胜地，店铺也很有特色。我姑且把它们称为"专卖店"。这种"专卖"和一般的理解有所不同，不是专卖男装、女装或是电器，而是专卖"螃蟹"、"海龟"或是"鹦鹉"，或是"壁虎"……这么说吧，你看到一家门楣上镶着一只螃蟹，你走进店门，就会看到各种质地、形态、颜色、样式的螃蟹。比如瓷的、布的、塑料的、玉石的、钢铁的、玻璃的……仿真的、卡通的、夸张的、写实的……红的、绿的、紫的、白的……站着的、趴着的、俯仰的、侧卧的……，你会觉得全世界的螃蟹都接到了紧急的命令，到这里来集合，以供每一位游客检阅。看到如此多形态各异的同一种生物，会感觉到造化的神奇和人的想象的丰富。自然界的螃蟹再稀奇古怪，也是大同小异的，只有人的想象，才使螃蟹变幻出如此庞大的家族，演出万千气象。每一个螃蟹都非常可爱，恨不能囊括回家。可惜银两有限，只买下一个红色的塑料螃蟹，直径约有半尺，肚腹处一捏，会“吱吱”作响。心想，这样大的个头，如果煮熟的，要卖大价钱。但“吱吱”响，就有些莫名其妙，权当螃蟹的肚子里寄居了一只小老鼠吧。

我们继续走。岛上有很多T恤店。

观光手册上写着：在专卖店中，最受欢迎的是请店家在素色的T恤上加印自己喜欢的图案或是花样，只是价格会因商家的不同而有很大的差异。虽然也有很多相当有良心的店，但也会有一些店家以强迫的方式逼游客买货。通常一件T恤是12美元，若买得较多，店家会打折。所以购买时一定要杀价，若觉着价格太高不可接受，就应坚决地拒绝。找回的零钱也必须仔细核对清楚，还需留意税金的问题……

这本观光手册是日本出版的，看来他们为自己的同胞设想得真够细致周到的。

和安妮进了一家小店，店里是五颜六色的T恤。

我们还没来得及浏览，店主就迎过来说，你们是日本人吗？

我们说，不是。

他又说，你们是韩国人吗？

我说，不是。

他突然就很高兴地说，那你们一定是中国人了。

我说，是啊。

他说，我也是中国人啊。

轮到我惊骇莫名。无论从哪个角度来说，他的模样都和中国人相差太远。我说，真的吗？

他说，当然是真的了。我的祖父是中国人，我的祖母是巴西人。我出生在巴西，后来来到了美国。我的叔叔和表哥表姐，都长得很像中国人的，只有我，一点都不像。我很苦恼，可是也没有办法。我总是对别人说，我是中国人，可是大家都不相信。看来，你们也是这样，我很伤心啊。我要证明给你们看。

说着，他掏出了一份证件，说，你们看了这个，就会认为我是中国人了。

我拿着他的证件颠来倒去地看了半天，还是不知道从哪里看得出他有中国人的血统。

他说，你看，我的姓里有“VHANH”的拼法，我的祖父姓张。他说过，无论你们最后成了哪国人，都要有这个“张”字。

那一瞬，我很感动。我说，老乡，那么，我们来照一张相吧。

他说，那太好了。这里是旅游胜地，是富人们来的地方。可是我从未在这里见到中国人。今天看到了你，看来今后我会在这里遇到更多的中国人了。

于是我们合影。合影之后，友好地分手。然后，我慢慢地走，很久默默无言，连买T恤的兴趣也烟消云散了。我对安妮说，这条街上，有各种专卖店。以后，中国人来了，可以在这里开一个从未有过的专卖店，生意一定会非常红火。

安妮说，卖什么呢？

我说，卖熊猫啊。这条街上，有卖马的，卖猴子的，卖山羊的，甚至卖蝎了虎子（壁虎）的“专卖店”，怎么就没有一家卖熊猫的专卖店呢？要知道，美国人是很喜欢熊猫的啊。从中国进货，各种熊猫，塑料的、铁的、不锈钢的、瓷的、棉的、绣花的、毛绒的、竹编的、泥雕的……应有尽有、琳琅满目、品种繁多，绝不输于这街上任何一家其他物品的专卖店啊。

安妮也兴奋起来，说，那是一定的。

岛上有一种小火车，样式很像早年的蒸汽火车，其实是电动的，在岛上蜈蚣一样慢慢爬行。火车司机兼任解说员，随着车轮的进程，向游客们介绍岛上的风土人情。路过一座木结构的白色小屋，他就介绍说，这里是“奥杜邦纪念馆”。奥杜邦是有名的大学者，尤其在鸟类的研究方面很有建树。据说在馆内陈列着奥杜邦亲笔所画的鸟类的素描。又路过了一座“灯塔博物馆”，它本身就曾是一座灯塔，建于1894年，据说里面陈设着航海图和早年间灯塔的实用物品。在马洛里街区附近，可以看到名为“小白宫”的建筑——一座精美的白楼。在

1946—1952年，由于美国第33任总统杜鲁门时常带着家人和随从到这里来居住，因此而得名。

导游看来是很尽职的，说话也有特点。不过，这位司机兼导游给我的印象不大好。因为我不通英语，每逢他说完一段介绍的话，我就要请安妮帮我翻译。我们交谈的声音很小，但导游还是认为影响了他的工作，对安妮说，要她停止为我翻译。安妮很不高兴，说你们既然不能提供各种语言的翻译，就不应该阻止游客自我服务。导游很会发动群众，面对着小火车上的乘客说，他这样做是为了更好地为大家服务。我赶快劝安妮，说不要为我坏了大家的兴致。毕竟面对着如此美丽的风景，以心态的平稳为第一重要。

于是，没有了翻译，在以后的长约一个小时的旅行中，我如同失聪的人，只凭自己的一双眼睛，欣赏周围的风光。最让人心旷神怡的是，岛上的建筑都是白色的，雪白如贝壳，蓝天之下，耀人眼目到昏眩。

下了小火车，我把憋在心里许久的问题倒出来，为什么所有的建筑都是白色的？是否这里有统一的规定？

安妮说，没有。因为从美学的角度出发，这座岛屿上的建筑以白色最为艳丽。为了维持岛上的景观，所有的人都默默地遵守着这条不成文的规定，没有人违反。

这一点让我在意外之余很是感动。美国是一个非常讲求个性化的国家。在其他的小镇，你可以看到，几乎没有一座建筑是雷同的，千奇百怪，每个人都在极力张扬自己的个性。但是在这里，不管是自发还是统一规定，反正所有的人都严格地执行着“白色主义”，在成千上万的建筑中，我没有看到任何一座不是白色的外墙。也许屋里依然色彩纷呈，但是，房屋的外观一律是像鲨鱼牙齿一般的莹白。

海明威的故居也参观了，街道也浏览了，小火车也坐了，剩下的宝贵的一天，干什么？

我们在街上的海报中，看到了“加勒比海潜水”的项目。身穿潜水服的蛙人吐着大如牛眼的泡泡，身边萦绕着礼花般灿烂的热带鱼，引人遐想无限。我和安妮几乎是异口同声地说，走，咱们潜水去！

潜水教练室在一个曲曲弯弯的小巷里。不知为什么，我和安妮往里走的时候，不安的感觉云雾般袭来。当我把这种想法说给安妮的时候，安妮说，毕老师，我也正想告诉你，我也有一种不祥的预感。

我们面面相觑。但是，我们都不是轻易服输的女人，马上就要到潜水教练的办公地了，哪能打退堂鼓？

潜水教练是一个长着大胡子的高大男人。他嚼着口香糖，漫不经心的样子。他先告知我们，潜水训练需要6个小时，要交纳110美元。我们点头应允，他的热情才高涨起来。我估计他原本以为我们只是一时兴起，随便来打探一番，没想到两个看起来散淡的东方女人真要潜入海底，并非只是说着玩的。

他拿出一沓厚厚的表格，要我们一一填写。那项目真是详细，从你幼时得过何种疾病，到祖上的健康状况，都一一涉猎。有无心血管疾病？有无脑血管疾病？有无糖尿病？有无癫痫？有无心肌病？有无关节病……密密麻麻的病名，直看得我这个医生出身的人都惊出了一身薄汗。安妮来得爽快，在所有的病名后面，画一个大大的括号，然后写一个大大的“NO”字作结。我却没有这番利落，因为表中有几条询问，让我觉得须郑重对待。

其一是：你是否有过在高速下降的电梯中耳鸣的经历？

其二是：你是否有过在飞驰的地铁中耳鸣的经历？

其三是：你是否有过在密闭的车厢内耳鸣的经历？

我对安妮说，不幸，我都有过。请你帮我询问一下，这对于潜水是否有影响。

安妮询问。潜水教练回答说，这说明你的中耳和内耳的机能不良。这对于下潜是有很大的影响的。教练说完这些话后，又拿出一张表格让我们填写。安妮看完之后，很是生气。

我说，这上面写着什么？

安妮说，这是一份具有法律效能的文件。如果我们签了字，就证明我们对于潜水中所发生的一切问题，都后果自负，和他们没有任何关系。

我说，那么，他们负有何种责任呢？

安妮说，他们不负有任何责任。

安妮和潜水教练理论，教练海盗般地微笑着，一言不发。脸上所有的笑容都写着一句话：这里我说了算！

安妮慢慢地抓起那几张我们填写过的纸，认真地把它们揉成一团，丢在了地上。

如果我们死在潜水的过程中，他们是不负任何责任的。我是你的陪同，要对你的安全负责，单是这一条，我们就不能在他的文书上签字。安妮对我说。

我说，安妮，你做得很对。我们都有直觉，还是相信我们的直觉吧。离开这里，到安全的地方去。

我们重又走在洒满热带阳光的大路上，欢快如初。我们后来找到了乘坐游艇出海的项目。这次不是深潜，是浮潜。也就是说，游艇将游客运送到加勒比海湾内的某处珊瑚礁，让游客们佩戴好蛙鞋和潜水呼吸管，戴好目镜，然后从游艇的中央楼梯下潜，在海中停留约半小时后，再返回游艇，返回海岸。

我买了一件游泳衣，是棕色格子带裙边的，穿上很有趣，有一点像冬天的风衣，很御寒的样子。安妮的泳衣十分漂亮，我们两个在游艇上，一言不发地看着周围的人。他们多是来自美国各地和欧洲的游人，成双成对者居多，看来是夫妻到这里来度假的。白种人的皮肤按说是很怕晒的，可安妮说，在美国，如果谁能在周一上班的时候，携带着这种被热带阳光晒得红艳艳的皮肤出现在大家面前，那么大家都知道，他飞到佛罗里达度假了。这是很有面子的事。所以，几乎所有的美国人都趴在甲板上像晾鱼干一样翻晒着自己，唯有我和安妮躲在阴凉里，喝着加冰的可乐。

终于到了蔚蓝海水中的珊瑚礁。我迫不及待地潜下水。哈！真美丽啊！无数的热带鱼从身边掠过，它们经过我的皮肤的时候，好像羽毛刺透丝绸，一种爽滑，一种让人心痒的酥麻。我翻动着自己因为穿了蛙鞋而变得长大丰硕的脚掌，觉得自己像个水怪。倒是热带鱼们见怪不怪，悠然自得地嬉戏着。

那一天返航的时候，我和安妮看着天边的云霞说，我们终于潜到了加勒比海的水中，我们还活着，这就很好。

斯特朗的地毯鞋

这是一家老年人活动站，在新奥尔良。新奥尔良是个美丽的地方，古老的橡树像虬蚺的幽灵。活动站在郊外，周围是贫民区。这是黑人聚居的地方，以前黑人是不能进城的。一栋简陋的楼房，早先是黑人的旅馆。石头砌成的墙，有一种沉稳的结实。进得门来，看到的都是白发苍苍的头颅，不论头发下的面孔是何种颜色，头发都是白而暗的。人的头发真是很奇怪，不管它们年轻的时候是黑的、棕的、黄的……到了尾声，一律都变垩白。我问安妮，白色的头发老了，会是怎样？安妮说，它们依旧是白色，但无光泽。

看来，亮度比颜色，更说明一个生命的状况。

很多老人在这里活动，有的打牌有的下棋，还有三三两两的谈天健身。一些人聚在一起，听一位年轻的女孩讲解台风的知识。听众多是一些老女人，耳力不佳，年轻的女孩不得不扯着嗓子反复地重复。这么大分贝的音量，要在其他的场合，一定会引起他人的侧目，但在这里，大家见怪不怪。

老女人们对台风的兴趣，让我感动。我不知自己到了这个年纪，还会不会对在远方出没的台风，抱有如此新鲜的兴趣。我原来以为，只有上班和旅游出差的人，才会对天气的变化充满了关切，那背后是不要迟到、不要受凉、不要忘了带雨伞等的忧虑。

在这些垂垂老矣的妇人面前，我觉察到了自己对天气的功利。她们不会上班，不会出差。说一句不好听的话，其中的绝大部分人，今生今世再也没有力气走出新奥尔良的橡树荫了。可她们依旧睁大混浊的眼睛，努力分辨台风经过的途径，痴心地关注着和自己毫不相干的天气，这也许就是人和自然相濡以沫的渊源。

有一棵树，一棵假树，工艺树，做得很逼真，赭的树干，绿的枝条。大约有一人高，摆在活动站很显眼的地方。树上挂着很多树叶，当然也都是人造的。每张树叶上写着一些字，或者是一幅小画。比如一片蜡烛形的叶子上写着：记住我有一只大鼻子的快乐的镶满皱纹的脸……然后是抖动的签名。

我问活动站的站长古薇尔女士，这是什么？

她说，这是曾经在这里活动，现在已经去世的老人，从天堂写给大家的信。

我的头皮轰的一声，死人是不能写信的，这是常识。古薇尔女士已经75周岁了，胸膛饱满得如同揣着两个大菠萝。她步履弹性很好地走来走去，使人无法怀疑她的说法。

新奥尔良一共有20所这样的老年人活动站，每年需经费500多万美元。经费的来源主要是四方面。联邦政府、州政府、地方政府一共可拨款400万美元。还有100多万美元的“洞”，就要靠自筹和社会捐款来解决。今天来活动的老人共有70多位，但有1000多位老人要求将免费的午餐送到家，所以，活动站的工作量很大。

我一边听着她的介绍，一边锲而不舍地惦念着那棵有着奇异叶子的树。

古薇尔女士终于讲到了这棵树。噢，是老人们共同栽下了这棵树。每一位老人都知道自己死后，在这棵树上会有一个位置，悬挂自己的树叶。他们会在生前就写下这片叶子，然后保存在自己的亲人那里。如果他们没有亲人了，就保存在活动站里。当他们去世之后，他的家人就会把他的叶子送来，挂在这里，永远地。大家常常来看望这些叶子，念着上面的话，有很温暖的蒸汽，从这些叶子上蒸发出来，进入人们的眼睛……

古薇尔女士这样说着，我就看到她的眼睛湿润起来。哦，我错了。古薇尔女士久经生死，在说这些话的时候，神采飞扬，很为自己发明了这棵沟通生死的树而骄傲。不是水汽进入了她的眼睛，是水汽进入了我的眼睛。

与楼下的喧闹相比，楼上是静谧和安详的。有几位老人在绣花和织毛线，古老的女红的气息从风烛残年的鼻孔呼出，让人走路和说话都变得叹息般轻。

旁边有一个小小的橱柜，陈列着老人们的工艺品。一套极其美丽的婴儿装，雪白的翻卷的绒毛，精美的图案让人爱不释手。我很想买下，但偷偷觑见标价，要50美元，囊中羞涩，不敢问津。但我决定斟酌力量，一定买下一件老人们的产品，不单是留作纪念，也为了尽一点绵力。包括让制造者有一种成就感。因为古薇尔女士说，老人们的产品收入绝大部分都捐给活动站，自己只取很少一点。

一双黄色和蓝色毛线织成的地毯鞋，大而柔软，蓬松得如同两只小哈巴狗。虽然我家并没有地毯，我还是把它们买下来。然后我对古薇尔女士说，我能和“鞋匠”照一张相吗？

古薇尔就拉着我向一位老人走去。

她身材瘦小，坐在轮椅上。在身体和轮椅的空隙中，夹着两团大大的毛线球。她的手指干枯如藤，但依然很有力地操纵着两根毛衣针，上下翻动。在她的身边，摆着刚完成的一只地毯鞋，红黄相间，鲜艳如枫。

她叫斯特朗，今年86岁了。她患糖尿病很多年了，两只腿都截过了，眼睛已近乎失明……古薇尔介绍说。

我这才注意到斯特朗老奶奶轮椅下的“腿”。白色的套鞋中，是冰冷的金属。风在她的腿间毫无障碍地吹过。

斯特朗老奶奶笑着说，很高兴从中国来的客人喜欢她的地毯鞋。

她说，那套美丽的婴儿装也是她织的，只是现今年龄大了，有些力不从心，就专门织地毯鞋了。

我抚摸着一位没有脚的老人织出的精美的地毯鞋，心中充满痛彻的谢意。她把自己对脚的期待，织进鞋里了。

让死亡回归家庭

美国新奥尔良临终关怀医院的布朗女士，有着成熟的山西大枣样的肤色，眼睛也是大而棕的，一种湿润的温和蕴藏在里面，让人一见之下，就感到可以依傍。

依傍感是一种奇怪的东西。男人给人的可依傍感，通常来自高大的体态和宽阔的肩膀。一个柔和的女性，在完全不具备强壮体魄时，也一举让人感到深刻的信赖，这是眼神的魅力。

她的眼神有一点神秘，一点哀伤，更多的是宁静和清凉。她告诉我，以前从事一份普通的职业。因为父亲去世，得到了临终关怀医院的照料，父亲走后，就加入到这个行列之中。

我到过国内的临终关怀医院，那里有很多密闭的小屋和淡蓝的窗纱。在新奥尔良，我以为也会看到这些，但是，没有。临终关怀医院完全是一所办公机构的模样，明亮的灯光，闪动的电脑，彩印的宣传资料……没有白色的大衣，没有药品的味道。

墙上挂着一幅巨大的新奥尔良城区全图。很多红色的圈点，使这张图有了某种战争的气息，好像到处潜藏着特殊的碉堡。

谈话从斑点开始。

我问，这是什么？

布朗女士说，那些明显的圆环，是有急救能力医院的位置。那些微小的点，是我们目前负责的临终关怀病人。

我问，医生呢？为什么看不到他们？

布朗女士说，医生都到病人那里去了。他们按照地图上面分布的区域，各自负责照料若干病人，一大早，8点30分，就去巡诊了。挨家挨户地转，要花费很多时间。所以，这个机构里，是很少看得到医生的。

我们是为生命晚期的病人服务的。评价病人疼痛程度的工作，就由5位医学博士专门负责。教会病人把疼痛的程度分为10分，确切地描述自己的疼痛，以取得适量的药物，达到基本上无痛。还有资深的护士，走访病人家庭，为病人提供止痛服务。有专业人员指导病人的家属怎样给病人洗澡漱口，并有宗教人士提供帮助。除此以外，还有200多名义工，提供帮助病人到商店买东西，晒晒太阳或是理发等服务。

我问，什么人才能住进这个医院呢？

话一出口，我就意识到这个问题不准确。没有病人住在这里。

布朗女士说，我们的口号是让死亡回归家庭。衰老后的死亡是一件很正常的事情。人们并不觉得成熟的麦子变得枯黄，然后倒伏在地，是多么恐怖和不可思议的事情。那是大自然的必然。旧的麦秸不回归土地，就没有新的麦株的繁荣。在20世纪以前，人的死亡是司空见惯的事情。孩子们从很小的时候，就看见和体验到生命的消失，他们会认为那是很正常的事情，是世界一个必需和不可避免的环节。但是，21世纪以来，由于技术的进步和医学的发达，人们把死亡的地点，由传统的家庭转移到了陌生的医院。死亡被排除出视野，死亡被人为地隔绝了。一位老人，哪怕他从来没有进过医院，哪怕他再三表明自己要死在家里，却没有人理睬他。人们渐渐认为只有死在医院里才是正常的，才算尽到了责任。如果谁死在了家里，舆论会认为他没有得到良好的照料。

现代化剥夺了人死在自己熟悉的安全的家里的权利。现在，是回归的时候了。让死亡回归家庭，让濒临死亡的人，享有最后的安宁与尊严。他们将在自己的家里和亲人的包绕之下，平静地远行。我们奉行的观念是——不必抢救死亡。死亡是不应该进行抢救的。因为死亡并不是一种失败。既不是医生的失败，也不是病人的失败。让病人安详舒适地死去，正是医生神圣的责任所在。我们的座右铭是——“尊严地死去”。这包括他是怎样洁净地来到这个世界上，他也要怎样洁净地离开这个世界。我所说的洁净，并不仅仅指的是尘土和污垢，而是指在死者的身上，不要遗留有人工的化学的放射的等强加给他的痕迹。常常有这种现象，医院里，人已经去世了，他的身上还插着很多条管子，输液的、输氧的……还有放射和电击的痕迹。那是很不人道的。

我们的医生每周每人出诊28次，很辛苦。他最多照顾7个病人。因为如果照看的病人太多了，对医生的压力就太大了。当医生发出病人垂危的判断之后，我们的护士就会24小时守候在病人的身旁，为他提供必要的服务。当然，也对病人的家属提供有效的支援，陪伴他们一道渡过生命中的难关。

1978年，路易斯安那州首创了此种类型的临终关怀医院。除了止痛治疗之外，并不施行额外的延长病人生命机能的医学方面的治疗。现在新奥尔良共有15所这样的临终关怀医院，共帮助了25万死者在家中从容地离去。

我问，那么谁来决定一个人什么时刻可以进入这个医院？

布朗女士说：那要由医生开证明，证明病人的生命已不足6个月时，才可以在我们这里登记入住，因为服务费用是由州政府的医疗保险计划支付。

我问，那有没有医生的判断出了某种偏差，病人在半年以后依然生存的？

布朗女士说，有。那就要由医生重新做出评估，才可享受这种服务。

我们正谈着，一位名叫索菲的护士出诊回来了。她神采飞扬，精神抖擞，并没有丝毫我想象中的疲惫和倦怠。

索菲告诉我们，她从事这个工作已经三年多了。当医生发出病人的生命有可能在24小时内终止的时候，索菲就抵达病人家中，和他的亲人一道守候在他的身旁，一直陪伴到病人最后的呼吸。

我问索菲，你大约看到了多少位临终的病人？

索菲很认真地想了想，然后很抱歉地说，真的记不得了。大约，总有几百位了吧。

我便对面前的索菲肃然起敬，也有一点隐隐的畏惧。我看着她的手，心想，不得了，这双手送走过无数的人，也许具有一种非凡的魔力吧。临走的时候，我一定要好好地握握她的手。

我问索菲，你害怕吗？比如在漆黑的夜里？风雨交加时？

索菲说，不害怕。我以前就是一个护士。我喜欢帮助别人，我现在从事的这种工作，让我有很大的成就感。其实，人们害怕死亡，是很没道理的事情。死亡是一件积极和充满神秘的事情。它是我们每个人的最后归宿。对一个正常的事件害怕，这才是不正常的事呢。

我说，索菲，临终的病人通常会对你说什么话吗？

索菲陷入了思索，说，他们通常是不说什么话的。之前，他们会对我致以谢意。最后，有时会留下一些莫名其妙的话，我猜那是他们看到了一些只属于死亡的画面。比如，我刚送走了一位病人，他最后说的话是：来了一辆金马车……

我说，你近日还有可能要在24小时内垂危的病人吗？

索菲说，有啊。

我说，如果方便，我能去看看他或她吗？

我并非有什么窥见死亡的嗜好，而是很想把更多更具体的所见所闻带回我的祖国。

索菲毫不犹豫地说，那不可能的。死亡是一件很隐私的事情，在没有得到垂危者和他的家属的同意之前，我没有权利把陌生人带到他的身边。虽然他可能是完全昏迷了，什么也感受不到了，但仍要尊重他。

我点点头。这一点就让我学习到了很多。

布朗女士最后同我谈到了死亡之后，对死者家属的支持。

我们会在13个月内同死者的家属保持密切的联系。我们会通过各种信息，将最近有亲人亡故的人，组织到一起，成立一个小组。假如是把因同样的病症，比如都是癌症而故去的人的亲属，组成小组，效果会更好。我们的社会工作者每隔3个月就同逝者家属有一次谈话，体察他们的哀思，提供尽可能的帮助。13个月之后，就改成每年一次随访。

我忍不住问道，为什么是13个月，而不是12个月或14个月呢？

布朗女士说，因为亲人逝去周年和其后的一些日子，对逝者家属来说，是非常伤感的时刻。在这个时候提供必要的援助，非常重要。那种情绪的波动和孤苦的感觉，在逝者周年时将达到顶峰。同样的季节，同样的景色，都会强烈地触景生情。这是一个充满危机的时间段。

如果能有人陪伴着，会好很多。

我立刻想起父亲逝去的日子，正是深秋，那种刻骨铭心的冷啊！从此，漫长的岁月里，每一个秋天都比冬天更寒凉。那时，多么渴望有这样关切的眼神，对痛彻骨髓的哀伤轻轻抚摸。

布朗女士说，不知道中国是怎样照料临终人士的？如果有可能，我愿意到中国去，无偿地义务地帮助中国的临终者。

我向她表示最诚挚的谢意。

让死亡回归家庭的理念，让人激荡。

我们原来是死在家里的。后来，由于科学的昌明，我们把死亡搬到了医院里。于是人类最后的温热眷恋，在雪白的抢救帷幕的包裹中，被轻易地剥夺了，遗留下另一种现代的残忍。

死亡再次回归家庭的时候，不是简单地复古和重复，而是对人类自身更多的珍爱和体恤。死亡回归家庭，是对逝者的福音，是对生者的挑战。它意味着需要更艰巨的工作，更庄严的承诺，更严谨的责任和更充沛的勇气。

告辞的时候，我紧紧地握了握索菲女士的手。她的手很软，很小，根本没有想象中力拔山河的力度。但我确知，曾有无尽的温暖，从这双柔若无骨的手中，流向另一个世界。

谁可以破门而入

圣塔非是一座高原城市，新墨西哥州的首府。在我未到圣塔非之前，每一个听说我要去那里的人都说，嗯，好美的地方。有人甚至说，那是美国最美丽的小城。

下了飞机，圣塔非给我的第一印象是大失所望。这就是最美吗？四周都是光秃秃的红褐色山峦，稀疏的植被像卡通人可笑的头发。银亮的日光肆无忌惮地辐射着大地，蛮荒和寂静从干燥的大地反射到空气中，弥漫四野。

安妮说，毕老师，你是不是觉得美极了？

我说，安妮，你去过中国的西部吗？比如陕、甘、宁、青、新？

安妮说，没去过。以后有机会，我一定去。

我说，我明白美国人为什么喜爱到中国的西部游玩，那里像这样的景色随处可见，荒凉空旷原始古朴。

安妮大感兴趣，说，真是这样吗，那太好了。

在圣塔非居住了几天之后，我对安妮说，我要纠正某些说法。中国的确有很多同圣塔非的外部景色相同的地方，但是，一旦走进了圣塔非特有的红土搭建的建筑内部，我就发现了自己的主观武断。

在圣塔非顽强保持着自然景观原始风貌的同时，圣塔非人用现代的理念，建设着家园。

我们走访了圣塔非危机应答中心。

一座小小的二层楼。圣塔非的建筑都不高，但这座二层楼还是显得有些局促狭窄。进得门来，几位工作人员用如花的笑脸迎接我们。

我早就发现，从事危机干预的人，一般都面目慈善。不知道当初是因为他们面善，所以被挑选来了做这份工作，还是这份工作做着做着，就把人的脸塑成了这种模样。

我就“危机”的定义请教他们。危机应答嘛，需先把概念搞清楚。

没想到他们全都笑起来，说这个问题没法回答你。不单是不能回答你，我们也不能回答所有问询我们的人。

我大奇怪。说，若是不弄清什么是“危机”，你们应答的标准是什么？

他们说，我们是特地保留着对“危机”的开放性理解。每个人对危机的感受是不一样的，一个老年人、一个孩童或是一个成年人，还有男性和女性，对危机的判断和承受力都是不同的，没有统一的标准。成年人的失恋、破产可能构成危机，但小孩子被父母训斥几句，一只小猫小狗死了，也会构成危机。我们不希望有人在拨打我们的应答电话的时候，在想：我这个情况是危机吗？我们希望只要你觉得需要帮助，就拨打我们的电话。只要你知道这里有一扇门，你来了，你敲响了门，这就足够了。你可以放开地讲出你人生中的真实，从脚趾到大脑，都可以讲。

真是一个聪明而富有人情味的解释。一个模糊的概念，在它松软庞大的袈裟下，危机中的心灵可以得到舒缓和救援。

他们接着向我介绍工作。

圣塔非危机应答中心，成立于1996年。共有3条热线，有9名常驻的工作人员，都是硕士以上的学历。自成立以来，一共接答了20000多个电话。其辐射的范围主要是圣塔非市和新墨西哥州，也有200多个电话是来自其他的州。

这里主要是电话值班，每天早上8点至下午5点，是两个人值班。5点之后，到第二天，是一个人值班。危机应答中心的电话号码，每天都刊登在《新墨西哥人》报纸上，很容易找到。平均每周会接听125个电话。如果值班人员判断来电话者正处于有生命危险的危机当中，会一个人继续接听电话，另外一个人马上出动到家中干预。这样的险情，每周有10—12次。

我们的外出小组，配备一名警察，一名精神科医生，一名护士，一名社会工作者。我们的车子很好，有必要的设备，比如云梯。当发现来电话者的情况危急时，我们可以不经司法程序就破门而入。因为那时时间就是生命。特别是很多呼救的人正处于酗酒的状态，医生护士的治疗及时让他们镇定下来，是非常重要的事情。

我们的义工都是分文不取的。向社会征集志愿者，年龄跨度从20岁到70岁，各个阶段的人都有。特别是要保持总名额3%以上的老年义工（要求年龄在60岁以上），因为老年人发生危机的比例越来越高，他们在电话里听到一个和自己一样苍老的声音，在现场看到一个和自己年龄相仿的人，会比较容易沟通。

当然，性别也是非常重要的。义工中，男女比例各一半。还有族别。新墨西哥州有很多西班牙人的后裔，所以我们的义工当中一定要有会讲西班牙语的人。义工工作2—3年以后就会轮换，这个工作对人的心力和体力的消耗都是很大的。

我们的义工是向社会公开招募的，要求很高。义工要经过40个小时的培训。义工的主要来源是大学社会学科的学生，报名的人很踊跃。爱心当然是最主要的，还有一个重要原因是，有很优厚的学术回报。在我们这里服务，可以得到36个学分，相当于将获得社会学和咨询学硕士学位总学分的三分之一。这对学生是很宝贵的。在这里服务获得了良好的评价，对今后的发展是很有帮助的。

当然，电话不可能解决所有的问题，就是到达现场破门而入地抢救，也不可能彻底解决问题。危机是一个连续的过程，我们一旦介入，就不会中途放弃。我们建有档案，会把每个人的情况介绍到社区，以便进一步地追访。我们还有一个强大的资源库，包括精神科、法律、医学、性病方面的专家，甚至还有住房方面的专业人士……

我忍不住问道，别的专家我能理解，可是为什么要有住房方面的专家呢？

工作人员解释说，一般当危机发生的时候，来电话者通常都是锁在自己的房间内。房子的历史和结构是各式各样的，怎样才能在最安全的情况下进入房间，又不会对危机中的人造成伤害，这些当然要请教专家了。

我听得频频点头。最后我说，我看到了你们充满爱心和高度责任感的工作，看到了你们显著的成绩。我还想请教一个问题，你们如何应对沉重的压力？我猜想，你们一定对电话铃声有着特别的敏感，长此以往，会不会造成心理能量的枯竭？

工作人员意味深长地交换着眼神。一位男士说，您说得很对，当然会了。我们的经费来自圣塔非医疗辅助计划拨款，除了义工完全没有收入以外，我们固定工作人员的收入也很低。我如果改行去做别的工作，收入起码会翻上一倍。支撑我做这个工作的动力是——我喜欢在别人最需要帮助的时刻，出现在他的面前。世界上能提供给人这样机会的工作，是很有限的。我感到能为他人服务，是我的快乐。当然，就算是有这样坚定的信念，我也无法完全战胜自己的疲惫。我们工作人员彼此之间有一个约定，也可以说是一个控制系统。我们密切地观察着自己和周围人的反应。我告诉你一个察觉人是否枯竭的小指标，很灵验的。如果一个原本幽默的人，突然不幽默了，你可要高度警惕了。如果你心中一旦出现不愿接听电话的念头，听到电话铃声就烦就害怕，那就应该立刻停止工作，开始休息了。这不单是对危机来电话者的负责，也是对你自己身心的负责。

正说着，久未开口的一位女工作人员拿来了一套精美的照片。她笑着说，噢，前一段，我就出现了山姆刚才说过的那种情况，我不会笑了，也不会幽默了。他们立即要我休养。我就和母亲一起到非洲去了，那里的旷野和自由自在的野生动物，还有空气和阳光，让我的身心得到了极好的放松。你看，这就是我在南非拍下的照片。

我看到了狮子和长颈鹿，还有羚羊，在一望无际的高原上，在碧蓝如洗的蓝天下，肆无忌惮地晒着太阳。

现在，我又像一颗饱满的种子，每天都蓬蓬勃勃的。我不再害怕听到电话铃声了，我知道那是一个人伸出他求救的手。我会把我的手递过去，无论他在水里还是在火里。她说。

告别的时候，圣塔非危机应答中心送给我一个小玩具，是一只可爱的小白熊。在小白熊紫色的背心上，醒目地印着中心的电话号码。

留个纪念吧。再有，希望你能把我们这里的电话——0333，带给更多的人知道和记住。也许有一天，我们会收到来自遥远的中国的电话呢！工作人员送我们到门口，幽默地说。

我们挥手告别。在返回的车上，我突然发现，这只背着电话号码的小白熊的产地是中国。我想，制造这只小白熊并不难，建起我们的危机应答中心，才是艰难的事情。

面具后面的脸

参观新墨西哥州乔治·奥尔夫博物馆附设的女子艺术辅导学校。乔治·奥尔夫是美国最杰出的女画家之一，她的那幅“头骨和白玫瑰”，表达着经典的凄美和让人战栗的死亡体验。在她去世后，遵照她的遗嘱，开办了女子艺术辅导学校。

指导教师杰茜娅白发黑衣，举止卓尔不群，目光熠熠生辉。一句话，开门见山。她说，我们开设的艺术指导课程，不仅仅是指导艺术，更是指导人的全面发展。比如，根据哈佛大学的研究，经过艺术训练的女生，她们的领导才能就有所加强。

我很感兴趣，问，这是为什么？艺术和领导，通常好像是不搭界的。

杰茜娅说，艺术让人的大脑全面发展，增强人的自信心。特别是女孩子，她们的艺术才能往往是比较突出的。如果受到重视，得到相应的训练，她们就会发现自己是有价值的。如果她的艺术作品出色，就会不断地获奖。这样，她们就有了成功的经验。对一个孩子来说，什么最重要呢？就是有成功的经验，感觉到自己的价值。在正常的学校里，让孩子能有成功经验的机会并不是很多的。学习文法和数理化，是很枯燥的过程。很多孩子不适应。只有少数的孩子能在常规的学习中感受到乐趣和成就感，大多数的孩子会觉得自己不够聪明。可以这样说，常规的学习，给予孩子们失败的经验比较多。但是，学习艺术就不是这样了。首先我们相信一个大前提，那就是——每一个孩子，都必定有所长。它们冬眠着、潜伏着，等待人们的挖掘。不存在“有没有”的问题，是“一定有”，只是需要发现。再者，艺术是没有统一的标准的，允许广阔的想象，关于成功的概念，也是更为开放和宽松的。而且，孩子和成人，谁离艺术的真谛更近一些呢？是孩子。她们对世界，有直觉的把握，在创作的同时，也更清晰地感觉到了真实的世界。她们在艺术中学习，这种成功的经验，会蔓延开来，延展到她生活的各个领域。

这一番话，颇有醍醐灌顶之感。当我们的某些父母只是把艺术作为一种训练、一种特长，甚至当成一块高考就业的敲门砖的时候，杰茜娅她们，已经巧妙地把它变成了赋予孩子最初成功体验的阶梯。

是啊，有什么比一个人，特别是一个孩子的体验和记忆更重要更珍贵的东西呢？回想我们的一生，之所以会有种种的命运，虽不敢说全部，但其中偌大的一部分，是源自我们童年经验的烙印。精神分析派的师长甚至不无悲观地说，每个人一生将要上演的脚本，都已在我们6岁前的经历中秘密写定。如此说来，谁能改变一个孩子的童年体验，谁就能改变他眼中的世界和他人生的蓝图。

人的记忆是非常奇怪的东西。我们希望它记住的东西，它虚与委蛇，给你一个过眼云烟。我们希望它遗忘的东西，它执拗着，死心塌地地铭记。记忆的钢钉，就这样不由分说地揳入灵魂最软弱偏僻的地方，却从那里发布一道道指令，陪伴你到永远。背负无法选择的记忆，挺进在人生的曲径上。记忆是有魔法的，它轻而易举地决定着我们的好恶，指导着我们的行动，规定着我们的决策，甚至操纵着我们的生涯……

中国有句俗话，叫作“三岁看老”，看来和弗洛伊德老先生的学说，有异曲同工之妙。这话有前瞻之明，但也有掩饰不住的悲观和宿命。三岁之前，孩子在无知无识中酿出了怎样咸苦的卤水，让他的一生在此凝固？或者反过来说，面对着一个孩子，成人世界有什么力量，可以润物细无声地沁入思维的草地，从此染绿他一生的春秋？

杰茜娅女士的话，正是在这个微妙的层面，给我启迪和震撼。如果说教育是一种外在的渗透，那么，让孩子们深入到艺术的创造之中去，就生出了发自内在的事半功倍的奇效。让蛰伏内心的翅膀舒展开来，让成功的霞光照亮漆黑的眸子，让最初的成功烙在心扉的玄关……童年的珍藏，就会在漫长的岁月发酵，香飘一路。

面对着这样的理论和尝试，我肃然起敬。

我说，你这里走出多少艺术家？

杰茜娅说，我从来没有统计过。

我说，哦，她们还小。艺术的成功要很多年后才见分晓。我知道现在谈这些，一切都为时过早。

杰茜娅说，不仅因为统计操作上的困难。开办这个学校，并不是为了从小培养出几个艺术的天才，而是为了更多的孩子生活中多一些阳光和快乐，发展健全的人格。我把孩子们的艺术品都保存了起来。其实，对于她们来说，这些并不是艺术，是另外一种心灵的表达。她们并不是为了成为艺术家才进行创造的，她们把艺术当成了心灵的一部分。但是，这不正是艺术最原始最根本的标志吗？

我说，能否让我看看孩子们的艺术创造？

杰茜娅说，好吧。请跟我来。在仓库里。

那一天，是休息日。宽敞的校舍里没有一个人。我走在寂静的走廊，忽然生出心灵探险的感觉。想象不出我将看到的是怎样的作品，但我确知那是一扇扇年轻的珠贝分泌出的珍珠，不论它们圆还是不圆。

杰茜娅捧出一摞石膏面具。我说，这是什么？

杰茜娅说，这是我们做过的一次练习。题目是“面具后面的脸”。

我说，这个题目很有意思啊。

杰茜娅说，是这样的。孩子们渐渐长大的过程，也就是她们对成人世界渐渐认识的过程。她们脱去了最初的纯真，学会戴上了面具。没有面具是不可能和不现实的。但是，人不能总在面具后面生活，特别是人对自己的面具要有清醒的认识，要知道哪些是面具，哪些是真实的自我。明白自己的面具是怎么来的，如果有可能，要将面具减少到最少。要使真我和面具尽可能地统一起来。总之，就是对面具有一个明白的认识和把握，不能让面具主宰一切。

很深刻，也很玄妙。我说，能让我看一个具体的孩子的创作吗？

杰茜娅说，好啊。说完，她就从一摞面具中挑选出了一个，递给我。

这是一个美丽的面具。石膏模型的正面，是如花的笑脸。挑起的眉梢，长而上翘的睫毛，桃色的腮和银粉的唇。各种色彩涂得很到位很和谐，甚至可以说是性感的。

我说，很美。

杰茜娅说，是啊。这个女生的名字我不告知你，就叫她安娜吧。安娜在人前就是这个样子。可是，你看看面具的后面。

我把面具翻了过来。在面具的洼陷中，填满了石子和羽毛。石子是尖锐和粗糙的，棱角分明。羽毛肮脏残破，绝非常见的蓬松温暖，片片像劣质的鹅毛笔，横七竖八地乱戳着。特别是在面具背后的眼眶下面，画着一串串黑色的水滴，每一滴都拖着细长的尾巴，仿佛蝌蚪正从一个黑色的湖泊源源不断地游出来……

这个没有一个字一句话的面具，如同医院做冷冻治疗的雾气，把一种彻骨的寒冷传递到我的指掌。

是的。这就是安娜内心，她的另一张面孔，更真实的面孔。她的母亲患癌症去世了。安娜目睹了母亲从患病到死亡的极端痛苦的过程，这使她深受刺激。她的父亲酗酒，夜夜醉得不省人事。她只有寄居在亲戚那里。她每天都在微笑，是一个人见人爱的孩子，她生怕别人不喜欢她。如果没有这种艺术的创造和表达，没有人知道她的痛苦。她被压抑的内心在这种创造中得到了舒缓，也使她认识到自己的分裂和冲突。她开始调整自己，认识到母亲的去世并不是自己的过错，她并不负有让别人都喜欢她的使命。她可以在人前流泪，也可以直率地表达自己，她有这个权利。

听到杰茜娅女士说到这里，我才深深地嘘了一口气。是的，你能说这是简单的艺术吗？不能。你能说这不是艺术吗？不能。孩子和艺术就这样天衣无缝地黏合在一起，艺术成了她们生活的一部分。这样的艺术直击心扉。

我说，还有吗？我非常喜欢你和孩子们的创意。

杰茜娅说，这里还有女孩子们画的画。是命题的画，题目就叫“80岁的奶奶”。乔治·奥尔夫说过：颜色和语言的意义是不一样的。颜色和形状比文字更能下定义。

我说，是请一位老奶奶做模特，让孩子们画她吗？

杰茜娅说，没有老奶奶做模特。或者说，模特就是她们自己。

我说，此话怎讲？

杰茜娅说，我要求每个孩子对着镜子，想象自己80岁时候的模样。要画得像，让别人一看就知道那是你。要画出沧桑和年纪的痕迹，还要画出你的职业和家庭对你的影响。因为这些随着年龄的增长，都会在人的相貌上体现出来。当然了，在画画之前，你要为自己写出一个小传。80岁的人，不是凭空变成的，是经历了很多过程的人。你要心中有数，她到底走过了怎样的人生，你才能画好她。

我说，真是有趣得很。您要达到的目的是什么呢？

杰茜娅说，除了画画的基本技巧以外，我想让女孩子们知道年纪和衰老，是正常的，不是可怕的。只要她们活着，就一定会变老。她们将在自己光滑的额头上，画出密密的皱纹，那是岁月赠送的不可拒绝的礼物。特别是她们将要思考自己的一生将怎样度过。做什么职业，成为什么样的人。包括希望成立怎样的家庭。

我说，我明白了。孩子们是在这幅画里，画出自己的理想和人生。我可以看看她们的画吗？

杰茜娅拿出了厚厚的画稿。

飞快地翻动。于是，我看到一位位老媪，额头和嘴角，都有明确到显出夸张的皱纹。头发稀疏皮肤松弛，白发苍苍面带微笑……在这群苍老的女人画像下面，是她们各自的小传。有女滑冰运动员、女服装设计师、女汽车制造商、女医生、女律师……有一幅最有趣，一位老奶奶的膝下，绕着无数的孩子，我说，这位老奶奶是开幼儿园的吗？

杰茜娅说，不是。这位女生的理想就是要生这么多的孩子。

那一瞬，我好感动。试着想想这些画的创作过程吧。一些嫩绿的叶子，对着镜子，观察着自己的脸庞。然后迅速地画下脸部的轮廓，然后就是长久的沉默。她们一笔笔地在这张青春勃发的面庞上，刀刻般地画出嶙峋的皱纹，每一笔，都是挑战和承诺。在生命的这一头，眺望生命的那一头，万千感受，聚集一心。从郁郁葱葱到黄叶遍地。

“我看见被乌云藏起的月亮，我听见在水下游泳的风，我哭泣，因为我是古堡里的蚯蚓……”杰茜娅朗诵了一首女孩子创作的诗。

艺术不仅是技术，更是灵魂的栖息之地。配以一个有力优雅的手势，杰茜娅结束了她的谈话。

奶奶是没有翅膀的天使

“奶奶是没有翅膀的天使”——几个字，颤巍巍地写在一个钥匙链上。一位绒布老奶奶，悬挂在这句话的下面。粉红色的纱裙，充满皱纹的脸，背上展着一对雪白的翅膀。这个小小的纪念品，是一位老人做的，送给了政府的一位官员。

米绍博士是新墨西哥州政府老年事务服务局的局长，长着一头浓密的黑头发，是西班牙和印第安裔的混血儿。说实话，她的长相平凡到世俗的地步，一点都看不出法学博士的出身和政府官员的背景。

米绍博士的办公室也很有特点，一点也不像是办公室，而像一个家。还不是那种整洁清爽一尘不染的家，而是那种乱哄哄的杂乱无章的家。比如在米绍博士的办公桌上，和密集的文件夹挤在一起的，是一条青里透红的鱼——一条会唱歌的机器鱼。外表酷似真鱼，背鳍高耸怪眼圆睁。悄悄按动机关，拥挤的办公室空间就响起一个沙哑的黑人老汉的声音：我是一条鱼，让我回到大海去，让我回到大海去……

我问米绍博士，为什么要在办公桌上摆一条鱼？

米绍博士说，我做了10年老人局的局长，我的工作令我太沉重了。所以，我这里有很多的玩具。

办公室里确实有很多玩具，稀奇古怪的。比如长着鳄鱼脑袋的唐三彩的马，比如奇形怪状的面具和饰物。同时也充斥着另外的极端，如靠墙角的地方，摆着一台缝纫机，式样衰老到使你怀疑它是世界上所有缝纫机的祖父。

米绍博士说，我的办公室可能令你惊奇，但是它令到我这儿来的老年人感到亲近。我处理所有有关老年人的事务，他们有了困难，都会来找我。比如老人到医院看了病，他的处方丢了。找谁呢？就可以来找我，这里负责帮助他们。这架缝纫机就是我曾经帮助过的一位老人，临去世前送给我的。按照规定，我作为政府工作人员，是不能接受礼物的。但我想，这架缝纫机已经没有实用的价值，只是一种象征和纪念。它让进入我的办公室的老年人，有一种温暖和时光重返的感觉。

我说，整个新墨西哥州有多少老年人呢？

米绍博士说，我们把60岁以上的人，定位为老年人。这样计算下来，新墨西哥州一共有23万老年人。我们是一个小州，全州设有250个为老年人服务的中心。每年的拨款是1200万美元。在这样的中心里，为老年人提供各种相关便利，比如送老年人到医院去，帮他们代买东西，也为他们提供法律、营养、各种护理的服务，另外还设有专门的老年性痴呆和精神病的特别护理中心。除此以外，我们还有很多养老院，每年政府为养老院拨款4亿美元，私人慈善机构捐款约4亿美元，再加上其他一些款项，每年用于养老院的资金达10亿美元。但是，这些私人机构的养老院，存在着很大的弊病，他们把老人当作摇钱树，却不能提供给老年人周到的服务，很多老年人在冷漠的养老院死去了。还有我们的医疗系统，实在是太昂贵了。很多医生认为老年病是没有价值的病，他们不愿在这上面下功夫。

我很希望能够创立新的模式，让老年人能有更安宁安全幸福的晚年。我们正在摸索。米绍博士说着说着激动地站了起来。

我做过一件美国50个州的老人局局长都没有做过的事，这件事给我的刺激太大了。它使我重新思考美国的养老机构究竟怎样办，才能最大限度地造福老年人。你想不想知道那是怎样的一件事？

米绍博士说到这儿，一脸调皮的神情，让我觉得很有趣。我真是想不出，身为州政府的官员，她究竟做成了怎样的一件事，让她的观念骤变？我说，很想知道。

米绍博士特意把声音压低了说，告诉你吧，我做了一次化装侦察。

尽管已有准备，我还是吓了一跳。我说，您化装成了一个怎样的人？到哪里去侦察？

米绍博士严肃起来，说，我化装成了一位老妇人，大约有70岁的样子吧。我到了一家老年服务中心，在里面住了三天。我还到了一家医院……

真是匪夷所思。我再次打量着她。在国外不能问女士的年纪，但依我的经验，还是可猜个八九不离十。她在45~50岁，虽说她不是那种精于保养皮肤的女士，但整个体态机敏目光灼灼，与老年人相差甚远。再说，以我当过医生的经验，一个人的外表易于伪装，但内里的脏器加上各种生命的指标，都诚实得很。米绍博士怎么能在医院蒙混过关呢？

我说，米绍博士，在长达数天的时间里，你全都滴水不漏？就没有一个人怀疑您，发现您的真面目？

米绍博士深深地叹了一口气说，没有。没有任何一个人怀疑我不是真正的老年人。这也正是我最悲哀的所在。

我说，是不是您的化装技术太高超，演技也太好了呢？

米绍博士说，不是。我只做了简单的化装，买了一个花白的发套，穿了一身陈旧破烂的衣服。因为我的姐姐曾经得过老年性麻痹，我就装成那副样子，说话含混不清。我原来也以为自己很快就会被识破，但是，没有。我悲哀地发现，根本就没有一个人认真地看一眼老年人，即使是那些正在为老年人服务的人，也都不曾正眼看过我，只要你是白发和陈旧的衣服，就没有人认真对待你。在老年服务中心，我表示我要洗澡。工作人员很不耐烦地丢给我一块小毛巾，那是多么小的一块毛巾啊！我被关到洗澡间，整整3个小时，没有任何人过问。如果我那时候死了，也不会有人救治。我出来的时候，房间很冷，我半裸着身体，没有人照顾。在那些服务人员的眼里，老年人是不配享有尊严的。

在医院里，我看到一位90岁的老人跌倒在地，骨折了，躺了两个小时没有人管，过往的护士嫌他挡路，还用脚踢他，非常惨……

我看到米绍博士的眼睛半是湿润，半是怒火。

米绍博士说，据我所知，有些私人养老院的老板，用募集来的养老金和政府的资助，买古董和艺术品，欠下巨资债务，把养老金都给吞没了。这种弊端，一定要杜绝。我下决心要改变养老的模式。在美国，现在40—60岁的一代人，是第二次世界大战以后婴儿潮时期出生的，他们即将步入老年。这是勇敢的一代人，我期望着美国的养老制度在他们的阶段，有新的模式出现。人老了，想和自己的家人在一起，这不但是一种本能，更是一种文化。家庭不但是一种经济结构，更是一种氛围。这对老年人是非常重要的。在这一点上，我们要向亚洲学习。即使不是一家人，也要创造出家庭的气氛。

我的设想是，关闭老人院，把政府的资助拿过来，选择一些很有爱心的家庭，把老人安顿在这样的家庭里。由政府的机构经常来检查这些家庭照顾老人的情况，如果出现不合格，就取消他们的资格和资助，使这成为一种充满爱心和同情心的社会公益行动。在某种程度上说，这样的家庭是政府雇来照顾老年人的，所以，他要小心，他必须要履行对政府的承诺。

除了我的这种设想以外，在美国的密歇根州、纽约州、佛罗里达州，也都在实验着新的模式。就我个人来说，我也很喜欢旧金山中国城的模式。那是专为老年人修建的公寓，是高层建筑，其中是精致的小房间。老人每人每月由政府拨款2800美元，然后由自己决定需要何种治疗何种服务。大楼里有由医生、护士、清洁工人组成的工作团体，老人有权选择他们。这样做的好处是老人有了自主权，钱在他们自己手里。另外一个好处就是比较节约。如果老人住在现有的养老院，政府每月要为每人拨款3500美元，还到不了老人手里，很多被养老院私吞了。

还有令人激动的消息就是，美国的国家实验室，也在开始研究美国老龄化的问题，希望能用高科技的手段来帮助老年人。比如制造出可以迅速感知墙面和路面不平的装置，对老年人的行动自由就很有帮助。再有非常困扰老年人的问题就是上厕所。如果这件事能自理，会使人的尊严感受到很大的维护。这在科技上，应该是有办法可想的。据我调查，老年人最害怕最苦恼的就是这一条。当人的最后时刻，除了猝死，大约有90％的人，都要经历这一阶段。缩短这个阶段，让人在尽可能长的时间内可以自己处理排泄事宜，对老年人是非常重要的事情。另外，研制出可以听懂人的对话的电脑、电视和饮食用具，都会简化老年人的行动难度。没有一个国家希望自己的老年人，成为虚弱无助的大军。总之，当科技手段能与人的关怀结合起来的时候，就会使老年人不再依靠他人，直到他们尊严地死去。

临走的时候，米绍博士送给我“没有翅膀的天使”这件小礼物。

制造钥匙链的这位老人很可能已经不在世了，她希望人们能听见她的这句话，能记住她的这句话。老年人其实是一笔巨大的精神财富，我同他们在一起，常常在感动中。米绍博士对我说。

在北欧游轮上

从芬兰到瑞典，我们乘坐的是维京号游轮。也许是因为泰坦尼克号留下的印象太深刻了，我上船的第一个动作就是鬼鬼祟祟地瞟着船的两舷，想数数救生艇的数目够不够。其实数也是瞎数，谁知道船上有多少人呢？

到了吃晚饭的时候，就大概知道有多少人了。晚饭被安排在9点半，即使此刻是北欧的白夜期间，太阳下班很迟，这个时辰吃饭也还是相当晚了。导游跑去联系，企图把我们的吃饭时间提前，未果。游轮方面的答复是：食客众多，只能分期分批地享用大餐，已经安排在这个时间，无法更改。

入乡随俗吧。

时辰到，进了餐厅，真是蔚为壮观的饕餮大军。自助餐形式，几百个不锈钢的食槽彻头彻尾地敞开心扉，各色食品竭尽全力讨好你的视觉嗅觉，透过它们和你腹中的肠胃打招呼。无数人端着盘子，在美味之中遨游，如同饥饿的鲨鱼。

餐厅位于整个游轮的正前甲板处，四周都是玻璃，可以把它想象成行进中的水晶宫，游客们就在这座劈风斩浪的宫殿里，有惊无险地大快朵颐。

得知我们能够在维京号游轮上享受美食，送我们上船的芬兰导游不胜羡慕地说，我到芬兰7年了，都还没有乘过游轮。据说船上的大餐会让你一辈子难忘。

中国人吃饭好扎堆，有了美景有了美味，当然要有佳客，说说笑笑当作料，才有滋有味地惬意。伙伴们很快就发现这愿望成了窗外波罗的海一朵泡沫。餐厅能接待的人数有限，一批人抹着嘴巴走出，另一批人才能鱼贯而入。吃完的人散居在各处，腾出的位置也星罗棋布。这直接导致了我们虽然获准进入餐厅，但并没有现成的位置候着，全靠见缝插针。

没有那么大的缝隙，可以一下子插入这么多中国针，只能化整为零分而治之了。

我端着盘子在熙熙攘攘的人流中寻找座位。一处偏僻的位置，一张两人小桌，一个黄种人在独自进餐。男性，个子不高，大约30岁的年纪，服饰整洁。我猜他是一个日本人，也可能是韩国人。说实话，哪怕有一线希望，我也不愿意和一个日本人同桌进餐，但环顾左右，桌满为患，再咽着口水四处游逛，有点像丐帮。

我用汉语说，这里有人吗？

没指望他能听懂。在海外旅行的经历，我有一个收获。你不会说当地语言也无大碍，大胆地自说土话好了。反正人们萍水相逢之时，能够交流的信息是有限的，配合着手势和表情，大致也能猜个八九不离十。千万不能钳闭双唇什么也不说，那才是真正的闭目塞听一头雾水。

我相信以我端着盘子没着没落的样子，他一定能明白我的意思，摇头或是点头就可答复。没想到他非常清晰地用标准普通话回答我说，没有人。你可以坐。

我大喜过望。不单是因为有了座位，更是因为在这里遇到了同乡。我如释重负地放下盘碟，说，中国人？

他略微迟疑了一下，说，冰岛人。

我大吃一惊。说你一个冰岛人，居然把汉语说得这么好啊。

他微笑了一下说，我以前是中国人，十几年前加入了冰岛籍。

原来是这样。我说，那你就是冰籍华人了。怎么称呼你呢？

他说，你就叫我阿博好了。

我坐在阿博对面，开始吃我的很晚的晚餐。动了刀叉之后，才发现这顿大餐并不像想象中那样诱人。不怪游轮上厨子手艺不精，是我失算。单凭目测一见钟情，拣来的食物多半口味诡异。比如一种美若珊瑚的红豆子，每一颗都像宝石放射光芒，我以为是外籍的红豆沙，舀了偌大一勺，抿到嘴里方品出拌了羊油和蜂蜜。平素我不吃羊肉。

炸鸡、蔓越莓、番红花鳕鱼、牛蒡扒、惠灵顿牛排、迷迭香、酸辣墨鱼、酪梨、红酒烤肉……你很难猜出色彩艳丽的食物中蕴含着怎样陌生的原料和味道。拣到盘子里就都是菜，不得不通通吃掉，以防服务生对中国人有微词。只是照单全收很辛苦，吃相也不轻松。

阿博看出我的窘态，慢慢地等我吃完，说，我和你一道再去添些食物。我知道有一些东西比较合东方人的口味。

有了阿博做向导，在食物摊中游弋，好比有了指南针，东西好吃多了，起码入口不再龇牙咧嘴。

阿博说，客人来自四面八方，游轮上各种口味的饭菜都有。

我说，没有看到中国饭啊。

阿博说，他们主要还是接待欧洲人，当然以西餐为主。以后中国人来得多了，他们也会做中餐的。

我说，你当年怎么想起到冰岛呢？

阿博说，我很想到海外留学，成绩不是很好，美国的学校取不上，英国学费又太贵了，就到冰岛来了。在冰岛学习冰岛语，有奖学金，就这么简单。

我说，你喜欢冰岛吗？

他说，喜欢。不然我不会入籍。

我说，冰岛有什么好处，这样吸引你？

阿博说，第一是我喜欢冰岛的水。冰岛是个资源非常丰富的国家，特别是水，简直取之不尽，用之不竭。冰岛人口很少，又有广大的冰川，简直就是一个大水库。第二是我喜欢冰岛的风光，像月亮一样。

我有点搞不明白，就问他什么叫像月亮一样，是又大又圆的意思吗？

阿博说，我说冰岛像月亮，是指它的美丽和寒冷，还有荒凉。当然了，还有各种宝藏和让人充满了想象的寥廓空间。

我说，哦，明白了。第三点呢？

阿博说，第三是我喜欢冰岛的姑娘。她们热情豪放，敢爱敢当。如果喜欢你，就狂热似火地和你相爱。不喜欢了，就恩断义绝地同你分手，绝不拖泥带水。如果是你不干了，就直截了当地告诉她，她也不会哭哭啼啼缠着你不放。如果有了孩子，就跟你算清抚养账目，然后痛痛快快地奔自己的前程去了，再不会寻死觅活地找你麻烦。只是冰岛的法律很保护女子和孩子的利益，就算你是个富豪，如果离上几次婚，也就成了穷光蛋。

我说，看你对冰岛女子这样倾心，想必一定是娶了当地姑娘。

阿博说，曾经有过这样的想法。冰岛出美女，那里的女孩子也很阳光。她是我在一次圣诞节的聚会上遇到的，名叫黛比。我们一见倾心。那一天，正是北极圈内最黑暗的时分，天上出现了美丽的极光，是淡绿色的，横跨整个天穹，好像一匹无与伦比的绸缎，妖娆得令人恐怖。好在两个人在一起，什么都不怕了。那天我们喝了很多酒，分手的时候，彼此恋恋不舍。黛比说，咱们到乡下去吧。我说，这样寒冷，到乡下去岂不要冻死？黛比说，你跟我来，会把你热死。我就和黛比上了路。前几天刚刚下过一场暴风雪，公路上的雪虽然被铲雪机清除了，但两侧的积雪有好几米高，穿行在雪巷中，好像童话世界。我随着黛比到了冰岛首都雷克雅未克郊外的一座别墅。房子几乎被皑皑冰雪掩埋，只有房顶高耸的壁炉烟囱证明这里曾有人居住。

冰岛的富人通常在郊外都有这样的住所，主要是夏天时分来游玩，到了冬天，就人迹罕至了。我说，黛比，你有钥匙吗？

黛比说，这是我亲戚家的房子，我有钥匙。但是，没带。

我说，这不和没有钥匙是一样的吗？黛比说，当然不一样。我有钥匙，说明我有支配这套房屋的权利。我说，权利是一回事，我们进不去，这就是另外一回事了。

黛比说，谁说我们进不去呢？

我说，没有钥匙你怎么进去呢？

黛比说，这太简单了。说着，黛比走到窗户跟前，扒开积雪，用靴子猛地扫了过去，玻璃应声而碎。黛比矫健地跳了进去，然后从里面把房门打开。我大吃一惊，说你近乎强盗了。黛比笑起来，说，维京人的祖先就是海盗。

那一次，我和黛比在乡下的别墅待了三天三夜。屋内储备有很多罐头食品，还有饮用水，我们吃穿不愁。取暖和洗澡也没有问题，设备很齐全。窗外是极其寒冷清澈的星空，身边是极其温暖柔软的姑娘，那种感觉真是欲仙欲死。三天以后，我们回到都市。黛比对我说，咱们到此为止吧。

我大吃一惊，说为什么，我们才刚刚开始。黛比说，我有男朋友，只是这一阶段他不在。现在他就要回来了，我们就结束了，这就是一切。谢谢你给予我的美好感受。说完就翩然而去。

我知道这对黛比很正常，但我难以接受，久久伤感。后来我决定还是找一个中国的传统女性做妻子。文化这个东西，像胃一样，换不掉的。我不希望我的女儿在14岁的时候，就把男孩子领回家。不希望我一推门看到他们在床上做爱，我还要心平气和地说，对不起，打扰你们了，然后镇定地转身离开。我做不到……

阿博举起一杯酒，我用手中的矿泉水和他碰碰杯，预祝他早日找到中意的中国新娘。

吃罢晚饭，已近深夜。我到船上的免税商店转了转，里面也是熙熙攘攘热气腾腾，人们提着装满酒和化妆品的袋子兴高采烈。还有很多娱乐设施，因为疲倦，听说人也很多，我都没去浏览。

这艘游轮就叫作维京号。维京人（Viking）是日耳曼人生活在斯堪的纳维亚半岛地区的一支，也称诺狄人，至今德语中“北”仍和此发音近似。维京人人口不多，却是欧洲历史上影响很大的一个种族。他们的足迹北达格陵兰、冰岛以及俄罗斯腹地，南及地中海南岸温暖的亚历山大港和耶路撒冷，西抵不列颠、爱尔兰，东达北美洲东北部。他们在这些地方耕种、放牧、交易，凭着当时欧洲最出色的航海技术，到处拓殖和贸易，在今瑞典、丹麦、挪威等地安营扎寨。连远在加拿大的圣劳伦斯湾也曾是维京人的殖民地。近东的拜占庭有精锐的维京人雇佣军团，英格兰、爱尔兰、法兰西都有他们的占领区和政权。现代英语中最常用的词汇中有900多个来自维京语。英国东北部的600多座村庄至今还沿用维京地名。法国船长口令中的“左（babord）”“右（tribord）”，也是维京航海家留下的。爱尔兰的首都都柏林的奠基人，也是维京人。在俄国，时至今日，普京和叶利钦互称“先生”时，说的还是维京人古老的词汇。

维京人的基本生活方式是农耕，他们的农庄以家族为单位。但他们并不是自给自足的小农，他们还下海捕鳕鱼，腌渍以后卖给西欧人。他们从事国际贸易，有石制、陶制、木制以及兽骨兽角制成的日用器皿、金属制品、毛纺织品、珠宝饰品等。传统沿袭至今，只不过贸易的品种改成了集装箱码头、战斗机、轿车和移动电话。他们还大量倒卖各地土特产，考古中发现的存货就有斯堪的纳维亚的磨刀石和染料、荷兰的布匹、地中海的丝织品等。

严酷的环境和落后的生产方式，使维京人的文化处于相当原始的状态。神话、英雄史诗都在吟游诗人口头上流传。维京人是尚武的。他们的神谱中有两大神系，最崇高的主神名叫奥丁，属于埃西尔神系，与雷公索尔为伴。他创造了世界上的一切，并拥有全部的知识，但最重要的是他是战神，主宰生死。另一个被称作瓦尼尔的神系，由弗雷和他的妹妹弗雷娅组成，相对温柔些，主管繁殖和财富。维京人信仰骁勇善战，宣称懦夫将被送进寂寞的地狱，而勇敢战死的人则升入乐园瓦尔哈拉。

实话实说，我觉得北欧的自然环境挺恶劣的，如果没有那些郁郁葱葱的树木，简直就是穷山恶水。在这里生长的维京人，如果不彪悍，早被别的部族消灭或赶走了。他们敬畏大自然的力量，相信即使是他们全能的大神，也战胜不了命运的安排。好在他们也达观，相信彻底的毁灭之后将是新一轮重生，周而复始，生生不息。

维京人并非没有文字，只是北佬传下来的由24个字母组成的书写体系比较原始，又没有好的介质，只好刻在木头和石头上，这样就只能作为记录而不方便交流。为了刻画方便，字母都由直线和折线组成，没有现代字母的曲线，如现在的“O”是圆圈，而当时则是个菱形。这种文字是后来的英语的原型。而沉郁寡言的维京人还嫌24个字母太复杂，逐渐给简化成16个，表达能力就更差了。有时候人们就把维京人简称为“海盗”。

我不知道阿博在雷克雅未克郊外遇见的女子，是不是一个海盗的后代，但那种性格显然和生长在温带的中国人有相当大的不同。

在心理学里有一种人格名称，叫作“T型性格”，简称为“海盗性格”。代表着创造性，外向型，爱冒险，喜欢生活多姿多彩，喜欢生命力淋漓尽致地发挥。他们喜爱追求新奇和未知，喜欢不确定性，喜欢复杂与刺激，爱把生命搞得像“一次事故”。有生理学家研究指出，这些人与生俱来有一种“刺激”基因，需要经常性的强力刺激，才能保持生命的张力和兴奋，只有不断地冒险，他们才感觉到自己还活着。

据说，爱因斯坦就是这样的人。

也许，黛比就是这样的人。

突然记起阿博的一段话。阿博说他和黛比分手的时候，天空也飘荡着北极光。这一次的北极光是橙红色的，披散着，很凌乱，好像火焰或者是巫婆的眼光。

我说，什么时候才容易出现北极光呢？

阿博说，有三个条件。

阿博很喜欢把问题梳理成几个点，也许因为是学管理的吧？阿博说，最容易出现北极光的日子，第一是要在冬天的12月。第二是要天气特别晴朗，如果有大风的搅动，极光就会躲藏。第三是要特别的寒冷。

阿博说，真奇怪，那三天，都有北极光出现，第二天晚上的北极光是金蓝色的，好像深海的海草，也像黛比的头发。

清早起来，站在甲板上，呼吸着海风传递的湿润，渐渐地接近了港口。瑞典到了。上岸的时候，我又看到了阿博。彼此间隔着很多拉杆箱和双肩包，我们只是微笑着颔首，算是招呼，算是告别。

旅途就是这样，我们会在某个地方以出乎意料的方式遇到某个人，彼此一点都不了解，却说了太多的话。

从此天各一方，也许永无相见。祝福他。

山妖的阶梯

快到挪威边界了，导游莉雅说，可以买一些山妖带回国。我说，山妖是什么？莉雅说，你马上就能见到了。进得店中，只见无数个怪模怪样的玩具龇牙咧嘴地瞅着你，好似一头扎进了外国的花果山。

莉雅说，北欧人喜爱的神话人物“Troll”，俗名就叫山妖。山妖的长相实在不敢恭维，蓬头散发，青面獠牙。个子都很矮，红蒜鼻头，尖耳朵，大肚皮，牙齿参差不齐，手指和脚趾都只有8个。有的两个头，有的三个头，头上长着青苔和树木，甚至还会长出一些小山妖。有的干脆只有一只眼睛。全身披满破烂的长毛，还长着像牛一样的尾巴。最惊人的是比大象还长的鼻子，据说是熬粥时用来当勺子用的。

我问莉雅，山妖这么难看，一定也很凶恶。莉雅说，不。山妖虽丑陋，但心地很善良。天性活泼，常受到小孩愚弄，智商好像不太高。有时也会搞出些恶作剧，谁要是得罪了山妖，它就会报复或戏弄你。如果和山妖和睦相处，就会得到善报。

山妖也有软肋，就是只能昼伏夜出，见不得太阳。它们如果贪玩，忘了在天亮前躲起来，将被阳光化为空气或山石。山妖精于手艺，能制各种武器和家庭用品，在上面刻有符咒，人们若错用它们的家什，就会遭殃。

说了这么半天，你是否能想象出山妖的模样？如果还感觉困难，我就给你打个比方（这个比方没有向专家求证过，如果错了，责任自负）。我觉得白雪公主故事中的七个小矮人，就是山妖一族。你看，它们居住在密林中，有自己专用的锅碗瓢勺和小床，不喜欢外人的闯入和打扰。心地善良，乐于助人。这些岂不都暗合了山妖的秉性？

据说山妖是挪威最早的原住民。它们有家庭，分部落，甚至还有自己的国王。森林小湖的山妖叫“纳啃”；居住在瀑布和磨坊中的山妖多才多艺，擅长拉小提琴，名叫“弗色格里门”（即“丑陋的瀑布人”）。这个山妖还是个教授，听说一个挪威小提琴家曾拜师门下。一般的山妖身材矮小，但在北方的海里，有一种叫“德捞根”的庞大山妖，十分恐怖。山妖安贫乐道，像柴堆、菜园、仓库、马厩和牛棚，都是它们安居乐业的地方。

在哈丁格高原，我们的汽车穿行于白雪皑皑的山峰，地面上蹲踞着乱石，听说都是山妖的化身。山路旁，错错落落地插了些粉红色的小球，这是当地百姓供给山妖的玩具。

传说山妖很喜欢喝粥，长鼻子可当搅拌器用。我和山妖有同感，是喝粥爱好者，只不过对以鼻当勺略有微词。如果伤风感冒了，涕泪交加，恐不相宜。我把这顾虑同莉雅讲了，莉雅说，估计山妖是半人半神之体，并不罹患寻常的病痛。

山妖也有很多法力，可以化成美女，如同《聊斋》中的狐狸精，引诱年轻的男子进山。不过，识别它们也有法宝。山妖是有破绽的，如果你去北欧旅游，在人烟稀少的地方碰到曼妙的姑娘，一定要留意她身后是否有毛茸茸的尾巴。进山的女子也不可大意，有些雄山妖也会劫持漂亮的姑娘进山洞，从此音讯渺茫。

挪威戏剧大师易卜生的名作《培尔·金特》里，便有主人公遭山妖戏弄的场景——培尔无意间闯入山妖的洞窟，因拒绝与妖女成婚，遭众妖凌辱与折磨，差点丧命，幸而传来黎明的钟声，妖魔才星散而去。

山妖并不是铁板一块，而是分成三六九等。它们生性慵懒，但循规蹈矩。它们反应木讷，但天真善良。它们离群索居，偏又呼朋唤友。它们远离人又和人有着千丝万缕的联系……看来因为山妖是名副其实的草根阶层，所以才受到百姓们的广泛喜爱。

据专家考证，挪威利勒哈默尔市区北边的自然公园，是山妖的家乡，而在举世闻名的盖伦格峡湾，还有令人毛骨悚然的“山妖的阶梯”。

很喜欢“山妖的阶梯”这个词，缠着莉雅问可否绕道一看。莉雅说那就是极险的悬崖公路，位于鲁姆斯达尔山谷，一弯又一弯，近乎垂直地从山顶盘旋而下。12道山弯像是一条极细的铂金白链“挂”在山间。因正在维修，我们无法抵达。看我失望，她说，今天的山路其状之险，也约等于“山妖的阶梯”了。

莉雅所言不虚。山路狭窄，雪峰林立，以我曾在西藏阿里攀山越岭的经验，也不得不惊叹这行程的陡峻。跋涉数小时后登到顶峰，俯瞰峡湾景致。挪威峡湾是被联合国教科文组织列为世界游览者评价第一的旅游之地。清冽似冰的山风把衣衫鼓胀如帆，刀剁斧劈的孤悬绝壁之下，一泓碧蓝的海水，宛若仙境，美到令人晕眩。你会仰天长叹，相信此处绝非常人的居所，只能是山妖出没的属地。

“峡湾”是个词，是个专有名词。这名词在词典里的解释是——对不起，没有。我查的是《现代汉语词典》，手头最方便处摆放的就是这部词典，通常都不会让我失望。这一次，例外。

只得分开来查。关于“峡”，它说是“两山夹水的地方（多用于地名）”。然后再来查“湾”，说是“水流弯曲的地方”。

现在，你把这两个字拼在一起，峡湾的意思就是：两山夹水的弯曲的地方。

现在，你明白峡湾的意思了吗？

我估计你还是不明白。因为两山夹水可以是长江三峡，但峡湾不是三峡。夹水的弯曲的地方，可以是漓江，但峡湾不是漓江。

峡湾究竟是什么东西呢？或者更准确地说，它不是一个什么东西，而是一个什么地貌呢？

用一句通俗的话来讲，峡湾就是海水构成的山谷。

中国的地势是左高右低，按照上北下南左西右东的标识，中国的西部高东部低，靠近大海的地势，是平坦而中庸的。这样，我们中国人就以自己的亲身体验，认为海岸线是平原和大海的渐次衔接，是一个和平过渡的交班。但这有点一孔之见。在地球的其他地方，并不都是这样。

挪威的峡湾被幽深碧蓝的海水充溢着，但源头并不是海水，而是高山上的冰川。由于气候变换，冰川时代结束，大地回暖。昔日不可一世的冰川开始融化，向大海缓缓滑去，这个过程看似缓慢柔润，实则蕴含着强大而持久的力量，犹如锋刀的切割。冰川美人，手持潺潺而化的溪流，当作微型利剑，日复一日潜移默化地将高山雄健的肌体划得遍体鳞伤。终于，高山成壑，大地分裂。成功地复仇之后，冰川之水义无反顾地向大海奔去，山麓荷满支离破碎的皱纹，在那里仰天叹息。海水不失时机地乘虚而入，它其实是爱戴和敬仰高山的，用深邃的咸涩的泪水把峡谷填平。

这就是峡湾了。窃以为，峡湾不如叫作陆海壑，这样比较清晰一点。但是，会不会有人以为陆海壑是海中的陆地呢？那就又说不清了。还是叫峡湾吧，去过的人多了，其义自明。

美国有本《国家地理杂志》，大名鼎鼎。中国人知道这本刊物，不少是来自《廊桥遗梦》故事里那位男主角罗伯特·金凯，这位漂泊四海孤独激情的摄影记者就常常在这本杂志上发表作品。该杂志独出心裁，组成了一个庞大的专家组，囊括了生态学、地理学、城市与地区发展、旅游介绍与摄影、文化自然遗产保护、考古学和可持续旅游领域的各界人士。专家们根据六项标准加之亲自体验审查，对世界各地115个旅游目的地进行了评选。这六项评选标准是什么呢？

1. 生态与环境质量

2. 社会与文化完整性

3. 历史建筑与文化古迹质量

4. 美学与吸引力质量

5. 旅游管理质量

6. 未来前景

一番讨论之后，专家组列出了全世界50个世界最佳旅游目的地。在这张清单上排第一位的就是挪威峡湾。

在中国乃至亚洲大陆并没有峡湾，除新西兰、智利等国偶有所见外，世界上80%的峡湾在欧洲，而欧洲的峡湾主要在北欧，北欧的峡湾则主要在挪威。峡湾的英文名是Fiord，有时特指的就是挪威的峡湾。

挪威南部的大西洋海岸线呈不寻常的曲折，多条宽阔的“海流”蜿蜒伸展到内陆达150公里以上。峡湾的水非常深，一般都在几百米，最深达到1200米！两岸的山峰动辄也是千米高，万丈绝壁紧紧钳住一泓蓝水，这水还会随着潮汐一呼一吸，是不是有一种诡异的壮观？

峡湾里瀑布之多到了令人眼花缭乱的程度，可以说千米之内必有瀑布，常常是一眼望去，三四条瀑布同时跌落九天，细者如银丝，粗者如白绫。从北部的瓦伦格峡湾到南部的奥斯陆峡湾，车行之处，无数大小瀑布如万马奔腾。一条接一条，呼啸着喧哗着溅入峡湾，构成烟雨迷离彩虹飞架的仙境。

旅途中，不由得想到，如果我是水，做哪里的一滴水呢？做藏北高原狮泉河的一滴水吗？那里太冷了。做大海中的一滴水吗？海啸壁起的时候，杀人夺命，造孽深重。做黄河中的一滴水吗？虽然历史久远，然携带泥沙太过劳累，不得休息。做南极的一滴水吗？虽然洁净，但万古不化的寂寞，也令人怅然。

思前想后，最后做了一个决定——生当做瀑布。瀑布的前身是小溪，无拘无束地跳跃和畅流。小溪们汇聚在一起，就长了能耐和勇气。人多力量大，水丰好办事。同心协力找到腾空而下的山岩，嘻嘻哈哈地纵身一跃，快乐地自高处跌下。水珠们拿着大顶叠着罗汉，倒栽葱地撞向深处，被风扯出透明的旗帜，在飞翔中快乐地撒欢。

瀑布没遮拦地降到了谷底，反倒安静了，变成了一汪小小的泉。如果有幸在挪威做了瀑布，通常不会旅行太远的行程，就被峡湾收编了去，成为了海的一部分。

我是一个很爱吃巧克力的人。在瑞士的时候，导游一句话，让我来了兴趣。导游说，世界上哪里的巧克力最好吃呢？是瑞士。为什么呢？因为巧克力主要是由可可脂和牛奶构成的。

我觉得这几乎是一句废话，等于说你知道今天的天气为什么好吗？因为今天是星期三，明天是星期四，所以天气好。不解决任何问题，疑团继续存在。

瑞士是一个面积只有41万平方公里的小国，山高水险并且冬季严寒，全国并不生长一棵可可树，瑞士也从未有过殖民地，和可可生产地——如非洲、南美洲等没有任何直接关联。就是说，瑞士生产巧克力，几乎就是先天不足。然而，为什么瑞士却是世界上巧克力的第一生产大国，享誉全球？

巧克力的所有制造方法都是在瑞士发明的，瑞士人使巧克力的制造流程和方法达到了几乎完美的地步。最可贵的是瑞士人并没有让巧克力长久地保持高昂的身价，而是毫不犹豫地把它从奢侈品的皇冠上拉到了平民的椅子上，成了大众化的消费。1819年，500克巧克力的价钱高达6瑞士法郎，这在当时相当于一个普通工人三天的工资。1826年建立了一家巧克力工厂，所有机器设备的动力都来自于水力，大大提高了效率，每个工人每天可生产25—30公斤巧克力，降低了成本。1830年，勒拉赫和自己的儿子们，在洛桑建立了一家工厂，并发明了欧洲榛果巧克力。一位屠户的儿子，把巧克力与牛奶混合在一起，从此结束了巧克力带有苦味的历史，产品有了一个质的飞跃。同时他发现Henri Nestle最新发明的炼乳方法很好，遂用来制造出了美味的牛奶巧克力。

1879年卢道夫林特在伯尔尼大教堂下的阿尔河旁，建立了自己的巧克力工厂。他发明了一种被称作“Conchieren”的工艺，在较硬的巧克力泥中加入可可脂，使瑞士巧克力有了今天的高贵、精美的味道。

瑞士是世界上巧克力消费最高的国家，最高纪录为2001年人均消费巧克力12.3公斤。以我当过医生的经验，真觉得这么多巧克力的摄入，怕容易引起血糖血脂的增高吧？

瑞士商店里的巧克力琳琅满目，品种有几百种之多，售价也很便宜，一块简装的没有华丽外壳的100克的巧克力，只相当于人民币几元钱。吃到嘴里，甜香软滑，非同一般。

说了这么半天，还是没有把瑞士巧克力天下第一的秘密揭露出来。其实，谜底很简单，导游指着车窗外说，因为瑞士有最好的奶牛，最好的奶牛挤出最好的牛奶，最好的牛奶就做出了最好吃的巧克力。

在阿尔卑斯山麓，是无边的草场和自由自在的奶牛。瑞士奶牛不是黑白花的，通常是红白花或是黄白花的。它们体形硕大，乳房饱满，无忧无虑地吃着草，好像生活在远古时代。导游说，你们注意到牧草了吗？我瞅了半天，说看不出有什么特别的，只是这里没有污染，好像格外嫩绿。导游不满意，说，你没发现牧草的品种不一样吗？瑞士精心研究牧草，培养优良品种，有时候要花费五六年的时间，才能选定某种优质牧草的种子，播撒在草地上，才会长出富有营养的牧草，吃着这种牧草长大的奶牛，才有可能挤出芬芳浓郁的牛奶，然后，才能保持世界第一的口味独特的巧克力啊。

原来，巧克力的生产线是从牧草开始的，多么长远的谋略啊。

山色越发深了。车停下来休息，在欧洲，司机的工作时间是固定的，每两个小时必须休息，不得违背。车上有类似飞机上的黑匣子装置，只要汽车一发动，它就开始记录，包括测算司机每天的驾驶时间和休息的频率，以防疲劳驾驶。

此处景色优美，奶牛们三五成群，在牧场上优哉游哉地闲逛着，看到游客们，也不躲避，睁着好奇的大眼睛，好像在猜测这些人的来历。

有人充满善意地走过去，企图近距离地接触奶牛，和奶牛合影，抽冷子可能也想抚摸一把牛背什么的。导游赶紧招呼大家，说这万万使不得。

导游说，近几年来在瑞士牛和人之间发生事故的比例，比过去多了许多。究其原因，可能是由于新的养殖方式造成的。

过去奶牛受到人的照料比较多，现在，它们更多的时间是在牧场上散养，跟牧民接触的时间很少，已经不习惯跟人靠得很近。也就是说，在某种情况下，这些奶牛部分地恢复了野牛的天性，桀骜不驯。你别看它们好像长得很温顺，其实发起脾气来，也是很彪悍的。即便是一只样子乖巧的小牛也不可以随便触摸，否则，你就有可能被它追得到处乱跑，或者全身负伤。

再者，旅行者来自四面八方，没有和奶牛打交道的经验。看到奶牛生气了，他们也跟着惊慌失措，不知道如何是好。有些人本能地立即转过身撒丫子就逃，但这其实是最危险的举动，会刺激奶牛进一步发作。正确的做法是保持安静，慢慢地蹑手蹑脚地远离奶牛。

多起悲剧之后，瑞士徒步旅行协会发出郑重建议：别去打搅奶牛，更不要想着去触摸它们，可爱的小牛也很危险。不要试着去吓唬它们，不要死死地盯着它们看，也不要当着它们的面舞动棍子。万一发生极端的情况，你就瞄准它们的屁股来一下。

听导游这么一说，我们个个视牛如虎，再也不敢靠近。导游稍稍缓和了口气说，如果你实在太喜欢奶牛了，在离它们20米的地方看看还是可以的。

就这样，我虽然非常喜欢奶牛，但是没有留下一张和奶牛合影的照片，因为我在距它们25米之外。

山路越来越险，真不知道深山里的牛奶如何新鲜地卖出去。看来我的担心不是多余的，这个问题也逼着牧人们开动脑筋。一个名叫保罗韦勒的牧人，每年都为他的奶酪销售犯愁。他的牧场使用太阳能，木材是用直升机空运来的，设备一流。奶酪则是牧场主按照传统方法制作的，质量绝对优等。可是因为交通不便利，他的产品就是销不出去。

头脑灵活的牧人想到了出租奶牛。他在网上刊登了奶牛的照片，一头奶牛整个夏天租赁费用为380瑞士法郎，估计可产70—120公斤奶酪，租赁人在9月份就可以来牧场收取奶酪——可以将其带走出售，也可以馈赠亲友。

多么聪明的牧人！保罗的计划大获成功，15头奶牛在网上被租赁一空。保罗还计划扩大服务范围，将周围几个牧场的奶牛统统在网上租赁出去。

真佩服保罗的好脑子，当然也佩服保罗的照相技术。想来他毕竟是主人，聪明的奶牛认得他，乖乖地让他照相，并且把自己的照片贴到互联网上，供人们评头品足。

离开瑞士的时候，有的人买了表，瑞士的手表当然是天下第一。我也买了瑞士天下第一的东西！这就是瑞士的巧克力。特别挑选了“三角”牌巧壳力，因为喜欢包装上的图案——高耸的阿尔卑斯山。据说这个牌子的巧克力特意制成三角形状，就是为了纪念欧洲最高峰的身姿。也是为了立此存照，想到那些幸福的自由自在的偶尔发发小脾气的奶牛，分泌的精华就存贮在这块巧克力中。

后来，我又到过一个欠发达的国家，看到田里的耕牛，目光惨淡骨瘦如柴。它们的脊梁如悬崖般锐利，如果有什么人胆敢骑到它背上的话，牛肯定会在第一时间被压垮倒地，那个人的尾骨也会被牛背切出伤口。从此我对骨瘦如柴这个词，有了形象化的记忆。那不仅仅是菲薄的瘦，更是生命的干涸和死亡的引燃。

写了半天，把挪威和瑞士这两个国家生拉硬拽到一处，真是没有太多的道理。也许，连接这些文字的，就是游丝般飘荡的思绪吧。如果我是一滴水，纵是一滴普通的水，也希冀着跌宕起伏和波澜壮阔，也渴望游弋和携手，那就做一次瀑布吧。如果我下辈子变成一只牛，就到人迹罕至的山里去，吃的是优质的草，挤出优质的奶。不要被人打扰，不要留下影子，百无遮拦自由自在地在山坡上踱来踱去。为了人间的香甜贡献一点力量。

丹麦的独腿锡兵

安徒生童话里，我喜欢《卖火柴的小女孩》，喜欢《海的女儿》，最喜欢的是《坚定的锡兵》。有的人把这篇童话的名字翻译成《坚强的锡兵》。相较之下，我还是更偏向“坚定”二字，那种对爱情奋不顾身的投入，还有死心塌地的一厢情愿，让人唏嘘。

童话里的锡兵只有一条腿，真不知道他是如何通过了当兵的体检，成了一名肩扛毛瑟枪的勇士。书里给了我们一个解释，说是这个锡兵是最后一个被生产出来的，原材料不够用了，所以只有一腿。按照这个解释，锡兵就是先天性残疾了。锡兵历经种种磨难，从未改变对一位纸做的“小舞蹈家”的爱情，直到最后在火中凝结为一颗锡做的心。

当年读这篇童话的时候，就萌生了一个小小的愿望——得到一个小小的锡兵。那时候想得简单，以为既然是个著名的童话人物，就该到处有的卖，就像如今的唐老鸭米老鼠。屡屡搜索未果，才明白这锡兵是个小人物，并不芳草天涯。看来，要找锡兵，只有到他的老家丹麦了。

到了丹麦，先去看的是海的女儿塑像。雕像矗立在哥本哈根海滨公园的浅海处，身高1.25米。注意啊，不是说美丽的美人鱼身高只有这么矮小，而是因为她取了一个屈腿侧身的坐姿。如果站起身来，就是个高大的美女。再提供一个数字：据说塑像的体重是175公斤，今年已经有93岁了。

93岁的小美人鱼，丝毫不改婀娜多姿的体态，青铜色的“她”坐在一块礁石上，容颜清丽，美丽的发辫垂在腰间，在身后紧贴礁石处，有一条仿佛还在滴着水珠的鱼尾。美人鱼周围能容人站立的地方很狭窄，礁石上又覆满了青苔，又湿又滑，稍不小心就会跌入海里，让你来个不情愿的海水浴。我们很规矩地排着队，依次跳上岩石，迎着光照相。砰砰啪啪乱响了一阵之后，突然有人说，这样照法，美人鱼最重要的部分就丢了。

照过的人吓了一跳，马上反驳说，你看，海水啊蓝天啊美人鱼啊，还有我啊，都照上了，什么都不缺的，肯定没丢掉任何东西。没照过的人就停下了踏上苔藓的脚步，眼巴巴地等候着下文，以防自己辛辛苦苦地蹦跳过去，反倒做了无用功。

发难的那位说，美人鱼啊美人鱼，你们只照了美人没有照上鱼。正面取景，好看是没的说，可惜没有尾巴。没有尾巴的美人鱼，人家还以为是一尊普通的欧洲少女像呢！

呵呵，尾巴！是的，美人鱼最重要的身份证就是她的尾巴。尾巴里藏着她全部的秘密和痛苦，当然，也有奉献和快乐。

于是大家重新来过。

听说这座美人鱼雕像，早已不是丹麦雕塑家爱德华的原作。美人鱼曾多次遭到破坏，身首异处。政府为防悲剧重演，现在用的是仿制品，原作早被国家博物馆收藏。

听说每年有超过100万的游客和美人鱼合影，有的游客还爬到美人鱼的身上，做出不雅的动作。政府准备把美人鱼的塑像搬到深海去，这样游客们就只能远远地眺望美人鱼的身姿，呆呆地面朝大海，从海风的呼啸中，去想象美人鱼所经受过的刺骨寒冷、锥心痛苦和致命浪漫。

记得小时候给孩子们讲《海的女儿》，孩子对坚贞的爱情似乎不大能体察，只是为美人鱼不能说话而万分苦恼。孩子问，美人鱼没上过学吗？

我说，这和上学有什么关系呢？

孩子说，就算美人鱼嗓子哑了说不出话来，可以写一个字条给王子啊，王子一看不是全都明白了？

我张口结舌，只好说，海底是没有学校的。

孩子穷追不舍，说，那她爸爸可以教她啊。她爸爸不是国王吗？国王肯定会写字的，要不怎么能当国王？

我急中生智，总算想到了一个解释，我说海底王国和人间使用的不是同一种文字，是外语。就算是美人鱼给王子写了纸条，王子也不认识……

惊出了一身汗，才把这段公案应对过去。想想看，如果至善至美的小美人鱼都可以是文盲，早就厌学的孩子们，理由和狡辩一定更多了。

看完了海的女儿，就该去看她爸爸的雕像了。美人鱼的爸爸不是海底的国王，而是丹麦伟大的文学家安徒生。

丹麦到处都有安徒生的雕像，我最喜欢的是哥本哈根市市政厅南侧那尊青铜像。早知道安徒生相貌不佳，做好了看到一张难看的脸的准备，但这座塑像一点都不丑。晚年的安徒生表情安详，头戴一顶18世纪流行的绅士高筒礼帽，拄着一根手杖，有一种若隐若现的沉思和羞怯，据说这是按照1875年安徒生70岁时的样子设计的。游客们纷纷爬上台阶，和铜制的安徒生合影。因为塑像高大，一般的人站在那里，只能达到安徒生的腰际。据说摸到“安徒生”的手、膝盖或是裤脚和鞋子，都可以沾到大师的灵气。这些常常被游客汗手所摩挲的地方，油亮而紫红，好像这些部位镶上了红色的补丁。

这位把童话作为献给全世界儿童最好礼物的大师，自己始终不曾有过孩子，几度情场失意。15岁那年他来到哥本哈根，一生中的大部分时光都是在哥本哈根度过的。

看完了塑像之后，就是寻找安徒生的故居。据说安徒生在哥本哈根住过不止20个地方，现在只把一部分开辟出来供游人参观，最具盛名的是在新港。

新港其实并不新了，早在1673年，当时的丹麦国王哈丁古斯二世为了实现“要让哥本哈根成为跟世界做贸易的城市”的诺言，下令开凿运河将朗厄里尼海的水引进哥本哈根。而在丹麦语中哥本哈根就是“商人的港口”或者“贸易港”的意思。只是哈丁古斯二世国王并没能想到他的这一纯粹的为了发展经济而进行的开凿，最终却成就了哥本哈根这座城市的诗情以及安徒生的那些充满了幽默和幻想的童话。

新港狭长的港湾里停满了五颜六色的游艇和帆船，樯桅林立帆影摇曳。运河两岸伫立着当年码头工人以及琥珀商人和海员们居住的房子，每栋房屋的颜色都不相同，亮蓝、粉红、金黄、春草绿……在夕阳的余晖里，这些五颜六色已有几百年历史的老房子不可思议地年轻。街边是一排排支着太阳伞、座无虚席的露天酒吧，游人鼎沸。

坐在运河边长长的木头上，听着优雅的爵士乐，看穿梭在运河上的游船，一下子分不清到底是在21世纪还是在19世纪。据说因为施行严格的保护措施，这里的建筑和200年前没有丝毫区别。

这条街是安徒生的心灵栖息地。在街的路口有一尊安徒生雕像，雕像的铭牌上记载着安徒生曾分别于1834年至1838年以及1848年和1875年相继在这条街的20号、67号和18号居住并写作。在这里，他得到过戏剧家、诗人、贵族乃至国王的帮助和垂青，渐渐声名鹊起。只是不巧，20号故居正在修整，我们无法入内参观。在门口和林立的脚手架合影之后，我不停地向对岸眺望。我在寻找房屋与房屋连接的拐角处，我记得在《卖火柴的小女孩》中，那个可怜的小女孩冻饿交加，就是在一处房角划完了她所有的火柴。我想安徒生写作这篇童话的时候，一定想起了窗外的这些楼房。他坐在窗前，倾听着运河上叽叽鸣响的木帆船的摇橹声，看着河边酒吧里扯着嗓子不停地举着酒瓶子正在寻欢作乐的海员，想象着一把火柴像火炬一样燃烧……

在丹麦的街头徜徉，我还是念念不忘那个独腿锡兵（为了让大家也对这个锡兵生出好感，我斗胆把它附在文后，自己温习并与大家分享）。

我向导游述说心愿，问在哪里可以买到一个锡兵。导游说，克伦古堡。从此心中一直默念克伦古堡……克伦古堡……好像小孩子买酱油醋，在走向商店的路上不停地嘟嘟囔囔，生怕忘却。

克伦古堡，位于哥本哈根北面海滨，建筑在岩石上，半截身子探进海中。几百年来，它一直是守卫哥本哈根的要塞，至今还保留着当时的炮台和兵器。

克伦古堡位于丹麦与瑞典之间最狭窄的海域，扼住了波罗的海的入口处，名字的意思是——皇冠之堡。这个古堡不仅因为战略地位重要而闻名，更因为它是莎士比亚名剧《王子复仇记》的发生地。历史上真实的“王子复仇记”，是丹麦内陆的故事，莎翁玩了个“乾坤大挪移”，将它搬到了这里。

为什么要移花接木？因为当年的克伦古堡之豪华雄冠北欧。早在

15世纪，当时统治全北欧（包括丹麦、瑞典、挪威、芬兰和冰岛的“斯堪的纳维亚联合王国”）的丹麦国王艾力克便看中了赫尔辛格这个极具战略性的瓶颈地带，在此筑堡，向来往北海和波罗的海的商船征税，收取买路钱，约略等同于现今的高速公路收费站。北欧的海上贸易非常活跃，艾力克和他的继承人财源滚滚而来。赫尔辛格遂从一座渔村一跃成为名震欧洲的海港重镇。后来，丹麦国王费德力克二世娶了年仅15岁的表妹苏菲。为了给新王后提供一个舒适的居住环境，国王斥资把阴森湿冷的中世纪式样的克伦古堡，改建成文艺复兴式的豪华行宫。2000年，克伦古堡被联合国教科文机构列入世界古迹名单中。

然而，走进城堡，感受到的主体风格依然是阴暗和压抑的，虽然屋外阳光灿烂。跟着导游，可在古堡的四翼参观丹麦王族当年的会客厅、起居室、寝室等，看到皇室名贵的家具、摆设、日用品和餐具。古堡的庭院里还有一座精致的小教堂，以供王室成员之用。

比较振奋而有生气的是武士大厅，据说当年是费德力克国王为了讨好酷爱跳交际舞的苏菲而建造的舞厅。全长63米，为当时全欧洲最长的大厅，金碧辉煌，极负盛名。就是今天看起来，也还有不可一世的奢华之气。

堡内除了大厅宽阔之外，到处都很幽暗，的确是发生幽怨故事和血腥政变的好地方。

导游特别提示要留意墙上的7张挂毯。初看起来，这些挂毯除了规模较大之外，并没有非常特别的地方。可是中国人对“大”，是有很强免疫力的，单凭体积来讲，还不足让我们惊奇。挂毯的主色调是咖啡色，不知是因为年代久远褪了色还是皇室就喜欢如此黯淡的风格。在一派昏暗之中，在任何角度都可以看到丝毯中的某些部分在闪闪发光。据说这是金线的光芒，它们是用真正的纯金丝编织而成。

丝毯的主题基本上是人物，为丹麦历代国王和王室成员。当年无数人工不停劳作了整整4年，一共编织出了43张丝毯，每张的面积都是12平方米（3×4）。这些价值连城的挂毯，只有14张保存至今——哥本哈根的国立博物馆和克伦古堡各藏一半。

在《王子复仇记》里，有一段弄臣波洛涅斯躲在“帘”后，结果被哈姆雷特误杀的情节。有学者猜测，莎翁所说的“帘子”，其实指的就是这种挂毯。听到了这个说法，再看那些黯淡的挂毯，就有些悚然。

克伦古堡因莎士比亚而得大名，但只在城堡的外围，有一尊小小的莎士比亚像，令人有些费解。如果没有莎士比亚，没有《王子复仇记》，克伦古堡能有今天这样显赫的声名吗？查了一下资料，在世界十大著名古堡中，克伦古堡并未列在其中。如今在人们的心里，它毫不逊色地跻身于世界上最著名的城堡之列，恐怕不是因为并不算很大的“武士大厅”，也不是因为那些容颜沧桑的挂毯，而是因为一位作家的一支笔。

好在每年8月间，克伦古堡都会举行与莎士比亚相关的一系列活动。听说从20世纪初起便几乎年年举行《王子复仇记》的公演；许多著名的影剧演员如罗伦斯·奥利华、费雯丽和肯尼夫·布莱纳等，都曾在这里演出过。克伦堡里，有他们演出的巨幅剧照，很多游人在此合影。

在克伦古堡，可以远眺4公里外的瑞典小镇海兴堡。有段城墙很像哈姆雷特徘徊叩问的场景，不知他是不是在这里看到了鬼魂？这样一想，纵然是在烈日下，也生出阵阵寒意。今天丹麦和瑞典很友好，渡轮码头都不设海关，人们可自由来往。但在15世纪至17世纪，两国为了争夺波罗的海巨额利益的霸权，锲而不舍地打了200年仗。最残酷的海上战场，就在这里。

听导游说，莎士比亚自己也演过《王子复仇记》。我们忙问他莎翁扮演的是谁。导游说，猜猜看？有人猜是哈姆雷特，有人说估计莎翁没有那样高大英俊，可能演的是弑兄霸嫂的叔叔，还有人说他不会女扮男装演了美女或是皇后吧？看大家猜得辛苦，导游索性揭开谜底：莎翁在戏中演的是鬼魂。

大家就笑起来，城墙就不恐怖了。

到现在为止，我还没有买到锡兵，甚至连一个锡兵的影子也没见到，不由得暗暗焦急。导游让大家自由活动，对我说，你跟我走吧。

下窄窄的楼梯，台阶之险峻，估计在数百年的历史里，一定把若干宫女摔得鼻青脸肿。好不容易走到一处旅游商品销售点，推开门一看，我不由得欢呼起来。

无数的锡兵列队站在玻璃橱窗中，个个雄赳赳气昂昂，好像在接受检阅。导游说，你挑吧。然后放下我，回去照顾大家。

这些锡兵都是朴实无华的金属色，仿佛暴雨前厚重的阴云。大的有一拳高，小的只有一厘米。戴着头盔，长满络腮胡子，目光炯炯。虽然形态不一，但每一个都精神饱满，荷枪实弹，随时准备上战场的架势。

我说，我要一个锡兵。

售货大妈（真的不能称为小姐，足有50岁了）拿出一个手持盾牌的锡兵，那张盾牌上刻着海扇贝的族徽图案，很是骁勇。

我摇头说，NO。

她又拿出了一个锡兵，这个锡兵没有拿盾牌，改成了一柄长剑，寒光凛凛。

导游已经走了，语言不通，我用手势比画着告知她，也不是这个。

大妈脾气不错，思忖起来。我指指锡兵的武器，然后做了一个射击的动作。她看懂了，拿出了第三个锡兵。

这次对了。这个锡兵不是拿着盾牌，也不是舞着长剑，而是提了一支枪。

可惜的是，这不是毛瑟枪，而是一支花里胡哨的短枪。

毛瑟枪是德国人毛瑟发明的一种长枪，在安徒生那个时代，是一种新鲜兵器，类乎今天的手提式导弹吧？安徒生发给锡兵一支毛瑟枪，除了他紧跟世界潮流之外，也说明安徒生实在是很喜爱锡兵，给他装备了最先进的杀伤性武器。

大妈再次思忖，我拼命比画，夸张地表现着枪支的长度，简直快把毛瑟枪形容成了大炮。大妈心领神会，终于从锡兵阵营中，拎出了一个肩扛长枪的锡兵。

哈哈，终于大功告成了。这就是那个坚定的锡兵，扛着毛瑟枪，等待着他如火如荼的爱情。

大妈也很高兴，拿出一个精致的小盒子，要把锡兵打包。这时我突然发现了致命的错误——这个锡兵是健全的！也就是说，他的两条腿都完好无缺！这个锡兵——不是那个锡兵！

我急忙阻止了大妈的进一步包装，急赤白脸地说，我要一条腿的锡兵！

看着她茫然的神色，我知道她完全猜不透我的意思了。我急中生智，来了个金鸡独立：把自己的一条腿尽量地藏起来，晃晃悠悠地站在那里。以我的老胳膊老腿，完成这个动作并不轻松，踉踉跄跄几乎跌倒。

大妈终于恍然大悟，口中发出呜呜的声音，表示她完全明白了我的要求。我以为这一次大功告成了，但老人家拿出来的还是零件周全的锡兵，嘴里还不停地说着什么，脚下还摆动着。

可惜我听不懂，也不知道再如何表演，才能得到独腿锡兵。正在百般为难之际，导游来找我，这才听懂了大妈的告白。原来游人们都喜欢买一条腿的锡兵，店里刚好断档了，最快也要几天后才能供货。目前，只能向我提供两条腿的锡兵。

怎么办呢？好失望啊。要么，就永远留下这个遗憾，让那个一条腿的锡兵活在记忆中。要么，就买下肢体健全的锡兵。

大妈冲着导游说着什么，导游却不忙着翻译给我，频频点头。我问导游，她在说什么？

导游说，她还在推销两条腿的锡兵。

我说，她具体说了些什么呢？

导游说，她说，真正的一条腿的锡兵其实并没有完成他的爱情理想，还在进行中。完成了爱情的锡兵，已经不存在了，和他心爱的人一道化成了一颗锡心。在人们心里，他就是个健全的锡兵。

我不知道这是不是一个非常成功的推销词，总而言之我被它打动了。是的，一条腿的锡兵，只是他刚刚被制造出来时的模样，之后他就面目全非了。锡兵最完美的时刻在他熔化的瞬间。

我最后买下了一个手脚健全的锡兵，肩扛着毛瑟枪。他是用那把锡汤匙子做成的24个完整的锡兵中的一员，我猜想在他的心中，一定怀念着那个同根生的兄弟，虽然他已经变成了一颗小小的锡心。

海盗的诗

关于冰岛，所知是那样稀薄。

去之前了解就很少，仅有的印象来自一本有关北欧旅游的书籍。和丹麦、瑞典、挪威、芬兰比起来，冰岛所占的篇幅最少。冰岛人自嘲地说，北欧是五国，但人们常常脱口而出“北欧四国”，连近邻都把冰岛疏忘。

飞机在冰岛机场降落时，我们还穿着从丹麦哥本哈根起飞时的短裤长裙。机翼下工作人员鲜艳的羽绒服，毫不留情地昭示着此地的寒冷。一下飞机，我们忙不迭地在候机厅里把所有的衣服套在了身上。

其实冰岛给我们的见面礼并不准确，那只是因为来自北极的寒风突然掠过。“冰岛”的名字让人很易产生错觉，好像是万古不化的永冻之地。实际上，冰岛是一片冰与火的交汇地带，有丰富的地热，是火山在冰川下爆发的岛国。冰岛的地形很特殊，在这个7万平方公里的岛上，有200多座火山，其中30多座为活火山。全岛四分之三为海拔400公尺以上的高原，八分之一为冰川，除此之外，岛上还有大量冰川、热泉、间歇泉、冰帽、苔原、冰原、雪峰、火山岩荒漠、瀑布及火山口，是世界上独一无二的地域环境。放眼看去，土地为狰狞的火山熔岩覆盖，仿佛到了月亮背面。

在冰岛的日子始终处在惊奇和快乐之中。回家之后，到一家著名的图书大厦，央告小姐帮我查找关于冰岛的图书（店内的图书查询系统外人不可独自操作）。

电脑运行一番之后，售书小姐告诉我有关冰岛的书籍只有小说集《冰岛渔夫》，还有一些有关冰岛建筑的图片，收在北欧建筑的合集中，此外就是我已经买过的观光手册。关闭查询系统时，小姐很好心地补充了一句:《冰岛渔夫》只剩下两本了，你赶快买吧。

我当即把一位《冰岛渔夫》请回了家，当晚一口气看完。书是好书，关于海洋的描写堪称一绝，只可惜这书既不是冰岛人写的，写的也不是冰岛人。所谓的《冰岛渔夫》，指的不过是在靠近北极海面打鱼的法国人。

在相当长的一段时间内，我见面就问别人有没有关于冰岛的文学作品。我固执地以为，要想真正熟悉一个民族和地域，要去读本土的人所写的小说和诗。比如我们要想了解18—19世纪的俄国和法国，你是看一些当时国民生产总值的数字，还是读托尔斯泰和巴尔扎克呢？想必除了专门的研究家和学者，都会选择后者。

我不是专家，只能走俗人这条路。

沦于百般失望之后，终于有一个朋友告诉我说，她的朋友有一本繁体字本的冰岛诗集，据说这是冰岛古诗唯一的中文译本。我欣喜若狂地借来，指天画地答应一定完璧归赵，又是一口气读完。也许真正的诗人会笑我这种不求甚解的方法，但我饥不择食先睹为快。

为什么对冰岛的文字这般感兴趣？因为冰岛是海盗们开辟的疆土。他们多喜好冒险，勇猛顽强，冲动起来不计后果。

那么，这些海盗究竟写下了怎样的诗歌？想象中，是横刀跃马劈风斩浪的虎啸龙吟。

北欧的古代文学经典，据说是汗牛充栋。为什么用了“据说”这个词，好像很不肯定似的，不是怀疑北欧有没有那么多的经典，而是我们看到的实在太少，译成中文的更是寥若晨星。

为什么北欧古代的文学经典，译成汉语的那样少呢？大概因为那些文章，都是用非常艰涩难懂的古冰岛文字写成的。

现代冰岛文字实系北欧挪威、瑞典、丹麦的古文，也近似于许多西欧国家的古代文字，比如古德文、古英文、古荷兰文等。一千多年以来，北欧和西欧许多国家的语言和文字都发生了翻天覆地的变化，但冰岛文就像苍老的恐龙，仍在火山岩堆积的大地上穿行。

我手中这部著名的诗集，冰岛文的译名是《高者之言》。高者是谁呢？是北欧神话中的主神奥丁，相当于希腊神话中的宙斯或是罗马神话中的朱庇特，也约略相当于咱们神话中的玉皇大帝了。诗集的中译名叫作《海寇诗经》。

海寇就是海盗。

什么是海盗呢？一提到“盗”，我们就会非常鄙夷，但在古希腊那个遥远的年代，欧洲人通常把下海寻求生计的男子称为“海盗”，并把当海盗同从事游牧、农作、捕鱼、狩猎并列为五种基本谋生手段。“海盗”一词在当时并无什么贬义，海盗活动也不被认为可耻，《荷马史诗》中对此有十分明确的记载。

《海寇诗经》形成于公元700年至900年，相当于我们的唐朝。是当年北欧海盗在漫长而艰险的大海航行中，奉为座右铭的精神食粮。在漫漫无际的大海上，正是这些箴言教导给海盗们带来了勇气和智慧，鼓舞着他们冲破重重险阻，层层骇浪，去寻求一个又一个新大陆。

这些诗于是被称为“冰诗”，反映了海盗们的人生观和宇宙观。好了，说了这么多题外之话，还是直接录下难得的冰诗吧：

浅薄受人讥，
智慧得人敬。
居家万事易，
出门知重轻。
相处世人中，
多智多光明。

这首诗的名字就叫作《见世面》。看来当年的海盗们是把见世面当成人生的必修课了。

嘉宾若进门，
排座不可轻。
位置偏而远，
不乐怀闷情。
上座促膝谈，
主雅客来勤。

这首诗的名字就叫作《如何待客》。本以为海盗们是不懂礼貌的窃匪，不想还是如此注重礼节的雅盗。或者说也许海盗们在实践中执行起来会走样，但起码在教育中还是一丝不苟的。

再如：

求知诗

知识是海洋，
宴席亦课堂。
用耳细听取，
用眼学榜样。
君子慎言语，

聆教乃有方。
智者天下行，
钱财存脑中。
愚者行囊重，
困时无所用。
穷汉有头脑，
力量胜富翁。

看来，海盗们还是非常尊重知识并且热爱学习的。想来也是，做一个优异海盗不是一件容易的事情。在许多国家，把“维京人”称作“海盗”的代名词。一千多年前，维京人驾驶着他们的龙头船，手持矛、剑、战斧等各种武器，以山呼海啸般的猛烈攻势，攻掠从英格兰到苏格兰、爱尔兰、比利时、荷兰、意大利、西班牙、葡萄牙、法国、俄罗斯直至君士坦丁堡的广大地域。维京人体格高大英俊，通常满面虬髯，胆识过人。他们常年漂流在海上，波涛汹涌气候恶劣险象环生，如果他们没有广博的关于天文地理气候人文等方面的知识，大海就成了他们最天然的坟场。所以，在贪财、勇猛、喜欢冒险的天性之外，在他们的血液里非常强烈的征服嗜好之中，也一定注入了对科学和知识滚烫的渴求。

很喜欢这样一首诗：

独　立

人生幸福事，
受人宠与赞。
人生不幸事，
处处得依赖。
为人不独立，
沦为小奴才。

有一首诗名叫《不良之举》：

赴宴总唠叨，
话多头脑贫。
瞪眼呈傻态，
说话语不清。
酒盈蠢相露，
枉做文明人。

窃以为以不良之举作为原材料入诗比较少见，北欧海盗大大方方地咏叹起来，透露出他们原本就是不拘常态自成体系的人。特别是被翻译成了咱们的五言绝句式样，看着有趣。

有一首诗，名为《永恒的友谊》，录在这里，和大家共享：

宝剑酬壮士，

霓裳赠佳人。

华服显友谊，

乡里美言频。

礼尚来而往，

至情万年春。

有一首诗，名字叫《知道命运》：

天才多早夭，

聪明适中好。

命运顺自然，

强求是徒劳。

内心明事理，

安然到老耄。

有一首诗实在聪慧，叫作《三人知，全民知》：

巧妙应答问，

人视为聪明。

秘密若分享，

最多只一人。

泄露三人知，

绝密传全民。

此诗高明处就在于——当我们强调保密的时候，一般是主张“一个都不告诉”。这在理论上当然对于保守秘密是最上策的了，但可惜的是极少有人能做得到。秘密在适宜的温度下，有时会像发酵的面团，如果找不到一个适当的出口，它们会把盛面的盆子掀翻，面粉流淌一地。秘密的力量之大，超乎我们的想象。所以，尽管有那么多的指天盟誓，还是差不多有同样数目的泄露和背叛。寻找一个情感的出口，告知一个朋友，就不会把享有重大秘密的人憋炸了，这是很有策略的方法。

人各有所长

瘸子善骑马，

独臂能牧羊。

聋子勇于战，

眼盲有思想。

身死悲无用，

残者却无妨。

名　誉

人死万事空，

唯名传四方。

万灵谁无死，

长生求无望。

存世流美誉，

不朽万年长。

好了，原谅我就暂且引用到这里。也许朋友们会发问，这些古冰诗为什么都是五言六句啊？有没有其他的格式呢？据翻译者王超先生在冰岛首都雷克雅未克所写，《海寇诗经》的韵律，是按照北欧古代诗歌的韵律所成的。每节诗由6行组成，前两行诗以押头韵的方式连在一起。

那什么叫押头韵呢？就是指后一行诗重复前一行诗中的重音节的元音或辅音。若大声朗读起来，诗句余音袅袅，就像有回音似的。译者特别指出，北欧古诗的韵律，若能大声朗诵，才能更好地体会到它的奥妙，清脆悦耳。因为押了头韵之后，回音的效果跌宕起伏极富节奏感。押了头韵之后，重音节和非押韵的重音节形成了抑扬顿挫的效果。

可惜我们不懂古冰岛的原文，也未曾有幸听到人这样吟诵《海寇诗经》，只能在这里以文字来揣摩海寇们的智慧和风采了。

最后，让我以一首海盗们吟咏智慧的诗来作为本文的结束。

论智慧

以火点他火，

两柴共燃烧。

以智启人智，

相磋出高招。

故步知识浅，

谦虚心智昭。

想不到吧？海盗们的诗竟然是这般温文尔雅笑容可掬。既不像英雄史诗，也不像神话传奇，充满了谆谆教诲，甚至有些像处世格言。也许，由于他们攻城略地在行动上自有取之不尽的彪悍与残酷，轮到诉诸文字流传千古的时候，反倒是波澜不惊的从容和安宁了。这在心理学上，叫作“补偿”。温和的民族诗歌中多愤懑和幽怨，真正的勇士们反倒全力彰显柔和。

不同国度和时空的智慧共同燃烧，这也就是旅游和阅读的快意了。旅游使我们虚心，阅读使我们安静。行路和读书的美丽可杂糅一处，即使是在地老天荒的冰岛，即使是在海盗们的诗行中。

北纬66度

北纬66度33分是地球上假设的一条线。一条非常重要的线。为什么这样说？因为这是北极圈的标志。在这个纬度之上，就进入了广袤荒凉的北极。

冰岛的国土有很大部分在北极圈以内，我们问有何特产值得一买。当地导游是入了籍的华人，咂着嘴说，冰岛的物价很贵，日用品基本上都是从欧洲运来的，除了鱼类制品和蓝湖的火山泥化妆品，别的就不必买了。如果你一定要买点东西做纪念，就买冰岛各式各样的钥匙链吧，虽然也不便宜，毕竟还能承受得了。

我在冰岛看中了一样东西，叫作“高山之巅”。它像一听可口可乐，铝质小罐，密封，很轻。拿在手里，好像是空的。弹一弹，声音虚怀若谷，还真是空的。其实它千真万确就是空的，如果我们回到“空”的本义上来。原来，罐子里盛装的是冰岛高山之巅的空气。还有的罐子里装的是冰川之上的空气，想必更寒冷清冽一些吧？

计算了一下价钱，每罐空气约合人民币70元，不知道拉开罐盖大口吸入，能不能保持一分钟？从实用的角度来看，价值几乎是零，但按照我的喜好，会买下来。我一厢情愿地认为，人到过一些地方，由此所产生的思绪需要附着在一些物件上面，就像人的肌肉要长在骨骼的关节之上，才能屈仰自如。没有了可以伸缩的基点，记忆岂不变成了一堆肉馅？买不买呢？迟疑不决，因为我是一个怕老公的人。

早年间，还没有豪华到赴国外旅游，只在国内转悠。我买回一些当地小玩意儿，摆在书橱里，常常拿出来观赏。时间一长，也就渐渐疏淡了。一次，突然想起在桂林买下的竹制漓江小舟和鱼鹰模型不见了，就问先生。

先生狡黠地一笑说，你还记得那东西啊？

我说，当然记得了。坦白吧，到底你把它们弄到哪里去了？

先生交代：春节的时候，我看它们灰尘满面，想擦一擦，不料那只黝黑的鱼鹰刚一沾抹布，就瘫成一堆泥，原来是臭焦油捏的。鱼鹰怕水，失了形状，竹制的小舟也因为烧了暖气，干燥得裂了口，只好一并丢掉。本想马上就告诉你，后来转念，倒要试试你需要多久才会想起它们，才会发觉它们其实已不在。这不，已经快到中秋节了，你才念叨它们，可见没多少感情了。屋里就这么大点空间，以后你走的地方越来越多，照这个样子买下去，咱家就成地摊了。

我哑口无言。买东西的钱，是一次性支出，就算昂贵，也是有限的。但天长日久地摆放和擦拭，却是持之以恒的占据和劳作。我主张简单生活，不愿麻烦他人。既然自己不能承担起打扫纪念物的责任，家又是公共空间，就只能节制和收敛了。于是决定除了万分必要，我不再购买没有实用价值的纪念品。

罐装冰岛的空气，就忍痛割爱了。

我没有买冰岛的钥匙链。我已退休，只有一把家门的钥匙，不必这样烦琐。我没有买冰岛的鱼制品，路途迢迢恐生腐臭。我也没有买冰岛蓝湖的火山泥润肤品，东方人的体质可能水土不服。

一日，气温骤降。来自北极的冷酷寒气刺入每一个毛孔，我们瑟瑟发抖，将所有的御寒服装披挂在身。有的人干脆一双双把连裤袜重复套上，腿粗如象，增强保温能力。

当我们蜷成一团尽量缩小自己散热体积之时，导游小伙子面色红润手舞足蹈，毫不惧冷。我们就说，到底年轻。又说，一定是冰岛的生猛海鲜吃多了，火力壮。

导游揪着自己的衣服说，你们说的，其实，不是。全凭的是它。

一件淡蓝色的夹克，毛茸茸的，样式不错，但也说不上多么时髦，初看和咱们的腈纶粒绒服装没有太大的差别。导游示意我可以用手摸摸。接触了实物，高下就立分出来。导游的夹克非常细软，料子柔若无骨，丝般顺滑。

我说，这叫什么东西？

导游说，北纬66度。

我说，不是问牌子，是问材料。

导游说，这我也不大清楚，冰岛本地人称它为羊羔绒，是一种合成纤维面料，保暖性能非常好，我叫它火龙衣。你知道咱们中国的民间故事中说有一种衣服，寒冬腊月天能把人热得满头大汗，就是它了。

我疑惑地说，不吧？故事里的火龙衣可不是一件真的衣服，是穷苦人不停地干活，用汗水抵挡严寒。火龙衣是编出来骗地主老财的。

导游笑道，可能出国的时间长了，我记不大清楚了。我说的火龙衣，完全是正面的意思，表扬它抗寒性特别好。在冰岛以外的地方，我还真没看见过这种衣服，也许别的地方没有这里冷，不需要开发这种抗寒衣料吧。你若问冰岛有什么特产，这北纬66度就是当地的名牌了。

所言不虚。在所有的旅游商店里，都悬挂和摆放着各种颜色和款式的“北纬66度”，目不暇接。特别是那些童装，雪白粉紫、青翠碧蓝、金红鹅黄……看一路，连眼光都暖起来。柔和轻盈，似乎只能穿戴在天使身上。

我痛下决心，对导游说，我要买一件北纬66度。

导游说，买吧，你回国后一定觉得物有所值。买哪件，我帮你参谋。

我说，不好意思，我不想在旅游店里买。到冰岛人日常买东西的商店去，可以吗？

我打了两个算盘，一是物价会比较便宜。二是我想看看当地居民购物的场所。如果你想了解一个地方的风土人情和百姓们的生活状况，商店是一定要去的。看看柴米酱醋盐的标价，比什么官方介绍都更入木三分。

导游答应了，带我们进了冰岛首都雷克雅未克最大的商场。购物条件非常好，明亮温暖宽敞，和北欧的其他国家差不多，唯一不同的是物价更贵。大致浏览一圈之后，我一头扎进了北纬66度的专柜。挑来拣去，为先生选中了一件夹克衫。藏蓝色，式样很大众化。

回到家中，我献宝似的拿出“北纬66度”，先生试穿之后，非常合适，颜色也正是他所喜爱的。闻听了价钱之后，山河变色道，太贵了。以这个钱数，到小商品批发市场，最少可以买到10件。

我相信他说的是实话，也不分辩。只是默默地等待着。冬天到了，北风起了。北京的三九时分，很有几天北风萧萧。我请他穿起北纬66度。第一天回来，先生就说，这个衣服是值这个钱的。

我不语。以德报怨。

说起旅游购物，还有几件小事留在记忆中。

芬兰首都赫尔辛基，是个美丽的以白色为基调的城市。导游介绍道，如果两个人手拉着手，并且平伸着另外的臂膀，在人行道上前行500米，不会被人从对面走过来打断。这说法乍一听有点费解，想想方才明白。两人并排平伸胳膊携手，体宽再加上双臂展幅占地就在3米之上，走了许久还碰不到人，说明赫尔辛基道路宽阔行人寥寥。

赫尔辛基空气极其清新，据说可吸入颗粒物的含量是“0”。我问导游，此地有什么好东西？那是一个中国籍的小姑娘，说，这里好东西多了，只是道路宽阔和空气新鲜，带不走的。剩下的最好东西，我看是诺基亚手机和驯鹿皮。

诺基亚手机的总部设在芬兰，我们观看过那座几乎完全是由玻璃幕墙构建的大楼，听说里面的会议室都是以城市名字命名的，你可能上午在柏林开会，下午就到伦敦相聚。我说，手机我有一个老式的海尔已足够，驯鹿皮我倒是很有兴趣。

喜欢那个喜气洋洋的老头。戴着垂肩的红软帽，裹着窝窝囊囊的红皮袍。脚蹬结结实实的长筒靴，满头银发和垂到腰际的胡子好像在比赛谁更白更亮。最重要的是他不辞劳苦地扛着无数个红袋子，里面楦满了送给人们的礼物。

这老汉就是大名鼎鼎的圣诞老人。在白雪皑皑的冬夜，这个上夜班的老爷爷，拜访千家万户，送去祝福和快乐。

老人岁数大了，扛着大包袱走路太辛苦了，速度也慢，会让渴求礼物的小孩子们等到很晚。天黑雪滑，他老眼昏花又没有驾照，肯定是开不成车。礼物又多又沉，没法骑自行车，用什么代步？

圣诞老人爬上了雪橇。谁来拉雪橇啊？八只驯鹿！

我很小的时候，听到了这个故事，从此对圣诞老人感情倒还一般，只知道他是个外国人。那时候中国人对所有的外国人，除了苏联人之外，都有疏离之感。唯有对那八只拉着雪橇的驯鹿充满神往，想想吧，在漆黑的雪夜里，只有从林间隙透过的点点星光，八只浑身布满美丽斑朵的长角驯鹿，眼睛里充满安详和赶路的兴奋，宽大的蹄子在冰雪上渺无痕迹地掠过，皮毛被掠起的风吹得纷披而下，像一道褐色的闪电擦过雪原……

关于驯鹿，我们还知道些什么？

导游是个美丽的中国女留学生，名叫佳佳。佳佳以前在国内的时候，曾看过我的作品，接机的时候认出我，我们从此十分友善。她告诉我说:“驯鹿”一词源于印第安语，意思为掘地觅食的动物。驯鹿是异常勇敢的生灵，生活在北极圈附近，雌鹿体重可达150多公斤，雄鹿较小，为90公斤左右。雄雌鹿都生有一对树枝状的犄角，可达1.8米，每年更换一次，旧角刚刚脱落，新的就开始生长。驯鹿不但雄鹿有鹿角，雌鹿也长鹿角。为什么如此？是由客观生存条件决定的。北极气候严寒，植被稀疏。怀孕的母鹿为了抢到更多的地衣、草根、苔藓等食物，需要跟强壮的同伴们争抢，只能巾帼不让须眉地长出角来。

阿拉斯加冰原地区冬季气温可降至零下60华氏度，为了抵御寒冷，驯鹿不仅全身覆盖皮毛，连嘴鼻部都长有浓密的须毛。

驯鹿虽然温驯善良，却并非人工驯养出来的，由北欧拉普人管理的驯鹿是大范围圈养的。

驯鹿毛很有特点。长毛中空，充满了空气，不仅保暖，游泳时也增加了浮力。贴身的绒毛厚密而柔软，就像是穿了一身双层的皮袄。

驯鹿群每年都要进行一次长达数百公里的大迁移，遇山翻山，逢水涉水，勇往直前，前仆后继，万死不辞。春天一到，它们便离开赖以越冬的亚北极森林和草原，沿着几百年不变的既定路线往北进发。

北极圈西部一带生活着五十多万只驯鹿，庞大的种群里每年春季都会有数万只母鹿即将临产。地衣草根等食物所含养分较少，数量也很有限，根本无法满足孕鹿所需的营养。为了确保自己的孩子出生在食物充足的地方，让亲爱的孩子身强体壮、在返乡的路途中能够存活，勇敢的孕鹿一刻也不敢耽搁，在白昼刚稍见增长的2月初，就最先踏上迁移的征途。

总是由雌鹿打头，雄鹿紧随其后，浩浩荡荡，长驱直入，日夜兼程，边走边吃，匀速前进，秩序井然。

驯鹿们沿途脱掉厚厚的冬装，生长出新的薄薄的长毛。绒毛掉在地上，正好成了天然的路标。年复一年，不知已经走了多少个世纪。

它们从阿拉斯加东部的苏瓦半岛出发，平原的尽头，宽阔的库伯河横亘在驯鹿的面前。这是驯鹿们需要逾越的第一道天然屏障。正常情况下，驯鹿们可以趁着结冰期过河，如果春天提早来临，河面出现大规模破冰，融冰使河水暴涨，它们只能冒险。大多数母鹿都有察觉冰层薄厚的本领，会谨慎地挑选一条安全路线。年轻母鹿缺乏过河经验，有的会掉入冰河。尽管驯鹿善于游泳，可是冰河的温度很低，游累的母鹿会爬上浮冰歇息。浮冰顺流而下，可能将疲乏的母鹿带离群体，也可能让其迷失方向，最后溺死。

逃过冰河之劫的母鹿们以为可以暂时喘息一下，没有留意身边还有另一个会走动的危险——它们的天敌大灰熊结束冬眠了，正需要填饱空了一冬的肚子。牺牲了几个大意的同伴之后，其余的孕鹿们开始翻山越岭，进入另一阶段的征程。野狼在这里成群出没，危险无时不在。

天气变暖了，苔原地区进入产期的动物不只是驯鹿，南方野狼也快要当妈妈了。对于驯鹿来说，野狼捕食量大增当然不是好消息。要想到达目的地还要翻过布鲁克斯山脉、越过尤塔卡河，可是孕鹿顾及不了这些，它们马上就临盆了。

幼鹿出生后几小时就会直立、行走，一天之内奔跑的速度就会超过人，在很短的时间内就会自己觅食。拥有如此迅速的生长速度，是大自然赋予幼鹿的独特法则，它们必须尽快强壮起来，跟着妈妈一起逾越尤塔卡河。

6月的苔原地区进入了短暂的夏天，到处都是绿油油的青草和盛开的野花，在各种维生素和氮、磷脂的滋养下，幼鹿很快就会强壮起来。

最后一批来此的驯鹿一个月后才能享受到这些。跟先出生的幼鹿相比，落在后面的孕鹿生出的幼鹿就要弱小得多。

水面宽阔，有经验的母驯鹿知道幼鹿过河危险性很高，会挑选水流和缓的地方让幼鹿下水。相反，有些年轻的急脾气的母鹿会带小鹿逆流而上，致使幼鹿还未上岸就已筋疲力尽。湿淋淋的幼鹿无力上岸，母鹿再焦急也帮不上忙。体力差的幼鹿就此丧生，就算侥幸上岸，绵延数里长的驯鹿群已经走远，很可能落入大灰熊或者野狼的口中。

7月的苔原雨水较多，地面上积存了很多水洼，滋生了大量蚊蝇。此时的驯鹿已经长出了新的鹿茸。初生的鹿茸表面十分脆弱，里面含有大量血液，是蚊蝇围攻的主要目标。每天，每只驯鹿都会为此损耗一定的鲜血。

苍蝇最喜欢将蝇蛆生在驯鹿的鼻孔中，而蝇蛆将在其鼻孔中寄生。为了驱赶身上的蚊蝇，驯鹿不得不重新爬上布鲁克斯山脉，让山风帮忙。8月下旬，北极圈的头一阵冷风袭来。驯鹿深知这一讯号的含义：几周后大雪就会来临。雪困之前，它们必须离开。漫长的迁移之旅又开始了。

驯鹿肉是上好的食品，跟牛肉的味道差不多。皮可以用来缝制衣服、制作帐篷和皮船。骨头则可做成刀子、挂钩、标枪尖和雪橇架等，还可以雕刻成工艺品。

感谢佳佳的这番介绍，让我们对驯鹿多了了解，更多了敬佩。人是需要敬佩一些动物的，为了它们所具备的我们业已丧失的智慧和勇气。

敬佩演变成了尽快购买驯鹿皮毛的欲望。佳佳说，咱们就到南码头吧。

位于市中心参议院广场上的赫尔辛基大教堂及其周围淡黄色的新古典主义风格的建筑，是赫尔辛基最著名的建筑群。在大教堂附近，就是南码头。那里是停泊大型国际游轮的港口，北侧建有总统府。总统府建于1814年，原是沙皇的行宫，1917年芬兰独立后成为总统府。总统府西侧的赫尔辛基市市政厅大楼建于1830年，外观至今仍保持着原来的风貌。南码头广场上有常年开设的自由市场。虽然是露天的，却找不出丝毫的杂乱与匆忙，处处洁净而整齐。在色彩缤纷的小棚子底下，贩卖着花草、蔬果、食物、玛瑙、水晶、琥珀、芬兰刀具等手工艺品，色彩纷呈。当然最多的是新鲜鱼类，鱼鳞闪着紧致而幽蓝的光，磁白色的鱼眼炯炯有神地看着你。

找到一个出售皮毛的摊位，驯鹿皮堆满柜台。摊主是个年轻的小伙子，态度友善。我问佳佳，什么样的驯鹿皮算是好的呢？

她说，您是打算铺沙发还是挂在墙上？

我想这么清丽的驯鹿皮，若是垫在屁股底下，暴殄天物了。回答，挂在墙上。

佳佳又问，喜欢什么颜色？

我说，有分别吗？

姑娘说，白色的驯鹿皮最美丽，但很稀少，价钱昂贵。比较大众化的是咖啡色有白色斑点的那种。给圣诞老人拉雪橇的驯鹿，就是咖啡色的。

我说，那就要咖啡色。一是因为囊中并不宽裕，想那罕见的白色驯鹿皮，可能消费不起；二是我想看到真正拉过圣诞雪橇的那种驯鹿。

驯鹿皮比常见的羊皮要大，毛也要长一些，稍显粗硬，但很有弹性。在浅褐色的底子上，有椭圆形的白色斑点，好像没有融化的大朵雪花。驯鹿皮保温性能特别好，芬兰人冬天坐在河边砸开冰洞钓鱼，屁股底下垫一张驯鹿皮，根本不会受寒得老寒腿什么的。听说驯鹿奇特地实行着双重体温，小腿以下的温度要比躯干低10摄氏度左右。蹄子和腿经常埋在冰雪里，降低了温度就有利于体温的保存……多神奇！

我像扯旗那样撑开驯鹿皮，一张张翻看，想找到最有特色的皮毛挂在自己家中。驯鹿的花纹气象万千绝无重复，我把预备精选的皮张放在一旁。佳佳便把它们翻转过来，审视背后的质地。我说，看后不看前，为什么？佳佳说，挑选驯鹿皮，毛色花纹固然重要，也要注意皮子的内在质量。每只驯鹿生前的营养状况不一样，受过蚊虻叮咬或受伤，就会在皮肤上留下小黑点，皮毛寿命就会受影响。只有那些最健壮的驯鹿皮毛，才光彩照人。

感谢佳佳教诲，我淘到了一张美丽的驯鹿皮。接下来的步骤就是谈价钱了。佳佳向笑眯眯地看着我们挑皮子的芬兰小伙子询了价，每张60欧元。

大约合人民币600元整。我小声问佳佳，能不能便宜一点呢？佳佳吐吐小舌头说，估计不成。他们通常是不还价的。佳佳虽然这样说了，还是又问了一遍。小伙子很友善但是很坚决地拒绝。

几位同行伙伴走了过来，看到驯鹿皮也很喜欢，就对佳佳说，我们也要买，多买几张是不是可以便宜些呢？

佳佳又一番紧锣密鼓地交涉，无功而返。小伙子笑眯眯地回了我们批发的建议。于是，我们每人都以60欧元的价钱买下了驯鹿皮。佳佳说，小伙子说，他的驯鹿皮是最便宜的了。后来到了其他地方，看到售卖驯鹿皮的商店，价钱在70~90欧元，也有卖到100欧元的，看来南码头的芬兰小伙子说得很实在。

说了两件在国外购物的经历，也说一件在咱们国内买东西的事。那天和女编辑家邓邓在江南的一条古街上漫步。下着小雨，滴水的瓦檐和彤亮的灯笼，让人恍惚回到了唐朝。我把这感觉说给邓邓，邓邓说这也太古老了。我说，那就相当于回到了清朝，反正封建社会几千年，差别不大。我和邓邓一边说笑着，一边在古街上缓缓地踱，看到店铺就走进去，相中了就买，相不中就飞快地出了铺子，再拐进对面的店。几番下来，邓邓说，不能像一根针似的，来回乱穿，这样很可能把一些最好的店铺闪过去了。好不好咱们去时只看左边，回时再看右面的店，就一家都不会空过了。我说，好好。

我们检阅般地一家家店铺浏览过去，看了山货店，又看茶叶店，看了古玩店，又看首饰店……有一种店，我和邓邓都不看，这就是砚台店。倒不是我们不喜欢，只是从街面就可以觑到那砚台价签上令人眼晕的零，价格成千上万。自忖没有那个经济实力，看也白看，自觉地绕着走。

该看的都看了，手中也渐渐大包小包地沉重起来。往回走的时候，同类的店，就没有心思细看了。

邓邓说，咱们也进砚台店看看吧。

我说，看了也买不起，人家老板会烦的。

邓邓说，咱们脸上又没有写着字，老板怎能知道咱们到底买还是不买？此地是中国名砚的产地，砚台店就好似博物馆，咱们不妨欣赏。

邓邓人长得漂亮，衣着也考究，举手投足间有一股书卷气，看来像是个买得起砚台的人。进得门，有小伙计模样的人走过来，说小姐要买砚台啊？

邓邓说，先看看。你们的好砚台都在哪里啊？

我在一旁暗笑，心想如果是个行家，还要问伙计什么是好砚台吗？

邓邓不笑，一本正经地看着小伙计，等着下文。雨渐渐大了，天色也晚了，进店来的客人不多，小伙计看邓邓仪态万方的样子，也乐得做个介绍。他先从砚台的石头产地说起，再说到这里出的砚台源远流长，曾送给过多少国家作为礼物……

我和邓邓似懂非懂，小伙计大方地批准我们可以摸摸名砚。战战兢兢地用手触了石面，果然如同婴孩的肌肤一样滑腻温凉。再看四周星罗棋布的砚台，不知将目光聚焦在哪一方上最好。几尊硕大无朋的砚台，几乎有伞盖大小，不知要研磨多久，才能让清水变黑？

在店里徘徊了约半小时，受益匪浅。感谢诲人不倦的小伙子，让我们迅速从砚盲变得稍通常识。

邓邓倒背着手，巡视了一番后，对小伙计说，把你们最好的砚台拿出来让我们看看。

小伙计一时语塞，说，好砚台都在这里了，您不是都看到了吗？

邓邓说，就这些啊？总还有些更好的吧？比如镇店之宝什么的，拿出来吧！

小伙计非常为难地说，能让你们看的，你们都看到了。

我悄悄扯扯邓邓，说，你这语气有点像女皇，逼着人家把最好的东西贡出来。你买得起吗？

邓邓在暗影里悄声说，买肯定是买不起，但买不起就不能看看吗？

我们俩正说着悄悄话，一老者不知从何方突现，朗声说，谁想看我的镇店之宝啊？

老者一身青布裤褂，盘扣直锁到颏下，在夏天的夜晚，显得很严谨。墨汁一样清亮的双眸，打量着我们。

邓邓说，您是老板吧？

老者说，我是。请问你们是什么人？

邓邓说，我们也是舞文弄墨的人。不过，我们舞的文字出自计算机，用的墨是喷墨打出来的，和传统有些隔阂了。今天到贵店补补课。

老板笑着说，我已经听了一会儿你们的谈话，看你们不像是当官做生意的人，就让你们看看我的宝贝吧。说完示意小伙计从隐秘处端出一个蓝印花布包裹。他郑重地一层层打开蓝印花布，闹得我们也紧张起来，屏着气，好像那里面睡着一个活物。

打开最后一层蓝印花布，露出一个雪亮的盒子。说它是雪亮的，是因为在第一时间我们都被盒子本身反射的光芒耀花了眼，一时分辨不出它的具体色泽。待眼睛慢慢习惯了这种光芒，才看出那盒子是木质的，漆着赭色的漆。

打开木匣，一方漆黑的砚台露出来，黑得好像藏北的夜。砚台上有一片狭长的金晕，被艺术家勾勒成了奋笔疾书的王羲之。砚身上密集的金星，被艺术家勾勒成了“兰亭序”的全文，还有曲水流觞的荡漾波纹……

这真是一方奇砚，把石材的天然肌理和悠长的历史天衣无缝地凿在了一起，让人惊讶得说不出话来。

老者说，金晕金星，其实就是硫化物的颗粒，它们入到墨里，墨就含了硫，用这种墨汁书写的字迹画下的山水，千年不蛀。

我想，如今多少文字稍纵即逝，谁还曾想过流传千年？

老者说，这方砚台，集中了四个艺术家的毕生智慧。

我们问，哪四位呢？

老者说，先要有一个设计家。他面对着一块石材昼夜苦思冥想。石头都是有形状的，石头都是有色彩的。一定有一个最佳的设计藏在这方不言不语的石材之中，设计家的任务就是把它找出来。一旦找出来了，你就觉得事情太简单了，它原本就存在那里，只是在等待。好的设计有了，然后要有一个好的雕刻家。他要把设计变成立体的图案，这个过程要千百倍地小心，因为不能出差错。刀偏了，石材就毁了，雕刻大师噤若寒蝉如履薄冰。好马还要配好鞍，好砚要有一个好匣子。

买椟还珠固然是不对的，也说明了那个盒子实在巧夺天工。木匠要找到最好的红木，然后用最古老的工艺将它打磨成砚台的衣裳。这一步完成之后，还要请漆匠来油。这个匣子用的是传统的大漆，漆艺是从商代流传下来的。大漆来自漆树的汁液，也叫中国漆或是金漆。我们用的这种漆，一棵漆树一年只能产一两。大漆很难干，要漆很多层，大师就慢慢地漆慢慢地等，干了一层再漆一层，一共四十多层……

我们静静地听着，找不到话来回应。老者讲完了制作工艺，说，摸摸这个匣子的底下吧。

我们遵嘱用手指肚摩挲了一下木匣的腹部。那是一个很小的间隙，如果不掉转砚盒，根本看不到。

老者说，怎么样？

我们用食指和拇指打榧子般地拧动了好几下，一片茫然。不解地说，好像没有什么不同。

老者说，这就对了。就是没有任何不同。在人看得到和看不到的地方，做工雕刻和油漆都是一样的，这才是中国匠人的传统。

夜色深沉起来，雨也更大了。时候不早，我们打扰了许久，也该告辞了。邓邓说，我问您最后一个问题。

老者说，请讲。

邓邓说，磨墨是很慢的，现在生活节奏这么快，也有了现成的一得阁墨汁这样的代用品，谁还会用砚台研墨呢？砚台会不会走向凋亡？

眉清目秀的邓邓微笑着提了个充满火药味的问题。老者稍顿了一顿，说：你说得不错，作为一种书写工具，用砚台研墨的人是越来越少了，但是作为一种文化传承，它是不会凋亡的。你刚才说研墨很慢，我觉得好就好在这个“慢”字上面。要那么快干什么？慢慢地磨墨，慢慢地想，慢慢地积攒情绪，慢慢地琢磨还有什么更好的表现方式吗？一圈圈地磨着墨，思绪也就慢慢地分泌出来深入下去，看着清水渐渐地变得像糯米粥一样稠厚，火候就快到了。磨墨本身就是艺术创造的热身……

还想听老人讲下去，然而，终是要告辞了。

临出门的时候，我问老者，您说如果我们是当官或者是做生意的人，就不让我们看您的镇店之宝，能告知为什么吗？

老者微笑道，如果是个当官的人，看到了这么好的砚台，就会想买了送给上面的人。虽然我的钱不会少挣，可就委屈了这方砚台。如果是做生意的人附庸风雅，也让这方砚台沾染了世俗之气。知道你们买不起，所以才让你们看了。

我们就这样离开了砚台店。

看到这里，你也许会说，不是要讲在国内购物的事情吗，闹了半天，并没有买砚台啊。

是的，这是一次没有购物的行程。我以前的经验是买下一样东西，看到那样东西的时候，就会睹物思人，这一次，却是没有买到东西，也会思人。

只有贝加尔湖知道

对于贝加尔湖，基本上就是这样的态度。①检点起来，对这个湖的印象可以归纳为两点。一点来自汉朝的苏武牧羊，老人家吞毡咽雪，事发地点就是凛冽的北海——贝加尔湖的小名。还有一点就是天气预报，我们所有的寒冷都来自那遥远的湖面，贝加尔湖简直就是整个中国的北部冰库。

好了，有了这些就足够了。带上方便面，让我们向贝加尔湖出发。

中国人出国都愿意带上几包方便面。我觉得主要是我们的方便面做得好，味道多样化。面条这种

① 见于作者在《旅游预习》中所写："很多风光都在记忆中淡去，唯有什么都没有看见的阳关，却以满心的遗憾永生。这也许就是不知道的美丽吧？

"从此，我固执地吸取了这个经验，对那些充满了想象的地方，有意地不去查找资料。就让它们在想象中浮沉，享有海阔天空的余量。倘若有什么人好心好意地要告诉我，我就要迫不及待地捂住他的嘴，就像一个不想听到足球比赛结果的球迷。请让我自己去看吧，知道得越少越好！"

东西，很能抚慰中国胃。当我们在国外连续几天吃不到可口的中餐时，一旦想起旅行箱里还有几包方便面，心中就安然了很多。

从北京出发，乘坐俄航的飞机，只需两个多小时就到达伊尔库茨克。由于看书太少，在没有到达伊尔库茨克之前，我不知道贝加尔湖和伊尔库茨克的关系。

其实贝加尔湖紧靠着伊尔库茨克。

但是，我们却不能马上看到贝加尔湖。因为我们是从这里入境的，按照规则，我们还将从这里出境。前后两次经过伊尔库茨克，贝加尔湖的游览就被安排在返程。

贝加尔湖近在咫尺，可是却不能一睹芳颜。只有等待。不过，伊尔库茨克也是非常值得一看的城市。它保留着古老的俄罗斯风貌，让人恍惚闻到19世纪俄罗斯作家笔下的田园味道。导游很骄傲地告诉我们，伊尔库茨克已经建市300多年了，是西伯利亚最大的城市。我们听着无动于衷，因为我们有很多3000年的城市。伊尔库茨克的街道上有很多小木屋，都是以整棵的圆木为构架，粗大的圆木在转角处搭接，好像刚刚从森林里砍伐回来，还带着木纹的印记。院子也是圆木围绕起来的，以木墙承重，木板屋顶，据说坚固保温。想想也是，即使漫天大雪，你躲在一个木头挖出的槽里，闻着松脂的清香，还会寒冷吗？有一些木头是中断的，因为那里要开窗户。每一个木头窗户都挂着镂花的窗帘，好像有一个童话躲在后面窥视着你。由于年代久远，已经看不出木屋当年粉刷过的颜色，通通是原木在腐朽过程中的赭黑色。当地的导游很为这一点气馁，解释道，我小的时候，看到过人们把自家的房屋都刷上油漆，每座木屋的颜色都是不一样的，可好看了。

我们就说，那现在为什么不再把它们刷上油漆呢？这样不但美观，也可以保护这些小木屋啊。

年轻的女导游撇撇嘴说，小木屋多难看啊，有什么保留的必要呢？为什么还要浪费油漆呢？我们很快就要把它们都拆掉了，盖新的水泥的房子了。

我们无语。

自从20世纪90年代苏联解体后，位于西伯利亚腹地的工业重镇伊尔库茨克一直未能从严重的经济衰退中摆脱出来。吃午饭的时候，在当地居住了40多年的老板娘说，这里几十年来就没有多大的变化。

没有变化，是好事还是坏事呢？如果小木屋都变成了钢筋水泥的建筑，伊尔库茨克是更美丽了还是不美丽了呢？

正值7月，是伊尔库茨克最温暖的季节。听老板娘说，如果再早来几天，背阴处的积雪还没有融化呢！街道两旁的林木盛开的繁复的白花，稠密得看不到枝条和树叶。我问导游，这叫什么树？什么花？

导游说，不知道。

我就为自己的爱打听害臊了。我一厢情愿地认为，你想了解一个地方，就应该认识那里的植物。每一种植物都有故乡。看到餐厅的老板娘爱说话，我就又向她探问这种开着无比稠密的白色花朵的树木叫什么名字？

我不知道它的俄国名字是什么，可我知道它的中国名字。老板娘说。

我只有退而求其次了，说，中国名也行。叫什么呢？

它叫酸丁子。春天开白花，秋天结出紫黑色的浆果，可以生吃，还可放在锅里蒸熟再吃，蒸着吃比生吃还要酸甜可口，面面的。蒸好的酸丁子还能做成酸丁子酱，能做馅饼的。

一句“能做馅饼”，就让我明白了这位远在异国的中国老婆婆已经彻底融入了俄罗斯的风俗，馅饼不再是韭菜茴香馅的，爱吃果酱馅饼了。只是，闹了半天我还是不知道这个酸丁子到底是棵什么树。

安加拉河岸到处都是酸丁子树，花朵熙熙攘攘人山人海（把一朵花比作一个人的话），叫你不断担心树干会不会不堪重负被压垮。好在酸丁子像个好汉，树皮是黑色的，树枝遒健有力，很是坚韧不拔地挺立着。俄罗斯青年在树下喝酒唱歌，啤酒瓶子瘫倒一地，快乐到你觉得他们有点忘乎所以游手好闲。同伴中有勤劳的同志，还掰着指头计算了一下今天是星期几（旅游在外的人对日期比较敏感，对星期几比较糊涂），待想起是星期天，才稍稍平息怨气。

第二天早上，我就要离开伊尔库茨克的时候，俄方导游拿着一本俄汉词典对我说，你问的那种树，它叫稠李。

啊，原来是大名鼎鼎的稠李啊！

在俄罗斯作家的笔下，那旷野中开着白花的稠李树下，发生过多少美丽的故事。稠李的芳香在暮春的时候，弥漫在木屋的炊烟之中，又有多少令人哀伤的想象！

叶赛宁有一首诗，开门见山就叫“稠李树”。

稠李树

馥郁的稠李树，

和春天一起开放，

金灿灿的树枝，

像鬈发一样生长。

蜜甜的露珠，

顺着树皮向下淌；

留下辛香味的绿痕，

在银色中闪光。

缎子般的花穗，

在露的珍珠下璀璨，

像一对对明亮的耳环，

戴在美丽姑娘的耳上。

在残雪消融的地方，

在树根近旁的草上，

一条银色的小溪，
一路欢快地流淌。

稠李树伸开枝丫，
发散着迷人的芬芳，
金灿灿的绿痕，
映着太阳的光芒。

小溪扬起碎玉的浪花，
飞溅到稠李树的枝杈上，
并在峭壁上弹着琴弦，
为她深情地歌唱。

有了词典的帮忙，导游底气壮多了，她说，稠李的俄文发音是——черёмуха，在俄罗斯文化中是美丽和爱情的象征。

在明媚的春天，雪白的稠李花仰天怒放，一阵阵浓郁的芳香，沁人心脾。诗人们将它喻为蓬松的白云和雪白的妙不可言的树木。稠李树下是情人约会的地方，稠李所表达的爱情是一种绵绵的柔情。叶赛宁在《请吻我吧……》诗中写道：在稠李充满柔情的沙沙声中，响起了一个甜蜜的声音：“我是你的。”没有稠李的爱是一种没有柔情和甜蜜的爱，因此当小伙子向姑娘表达爱意时，常常向心爱的姑娘投去一把稠李枝……

怪不得那么多的年轻人挤在稠李树下，原来有如此的象征意义。虽然和爱情无关，我也在稠李树下照了一张相，以表达对这种树木的喜爱。后面的行程里，在莫斯科，在圣彼得堡，在涅瓦河畔……只要我一看到这种盛开着白花的树（俄罗斯腹地由于气候温暖，稠李花已经快谢了，但芬芳更浓烈），就会不由自主地小声招呼一句：稠李树……好像在和一个新认识的朋友问好。

重新回到伊尔库茨克，重头戏就是拜谒贝加尔湖。这一次，和我们同行的导游是个小伙子，名叫万尼亚。这名字很容易记住，因为有个著名的万尼亚舅舅活在话剧里。

从伊尔库茨克出发，沿着宽阔的柏油路前行了大约40公里，穿过丘陵，先到了湖畔的小木屋博物馆。

一个非常有趣的博物馆，据说是在安加拉河上修建水库的时候，把被淹没的库区的一些木屋搬迁到这里，以保存当地居民的原生态。比起伊尔库茨克城里的那些木屋，这里的木屋更精致、更高大，精彩得让人不相信是建造于几百年前。也许市街两旁的建筑，不过是普通的民居，但这里的木屋是经过遴选的典型建筑，就像北京胡同的小四合院和达官贵人家的府第，均为古建筑，却不可同日而语。有一个木屋据说是100年前的乡村学校，宽敞明亮，摆着整齐的课桌，足以让今天的希望小学羡慕不已。在老师的桌子上，有一个巨大的地球仪，手一抹，滴溜溜地转起来。对此我心存疑虑：当年俄罗斯乡下的孩子们，就如此胸怀世界了吗？

从这里，可以看到宽广的安加拉河。导游说，再往前走，你可以在安加拉河口看到一块巨石，那是贝加尔湖抛下的绊脚石，企图阻碍女儿的脚步。

怎么回事？

传说中，贝加尔湖是爸爸，安加拉河是他美丽的女儿。贝加尔湖兼容并蓄，有336条河流流进来，却只有一条安加拉河流出去。安加拉河就是贝加尔湖唯一的孩子。女儿到了年龄就要出嫁，父亲为她选中了恋人，就是俄罗斯最大的河流——伏尔加河。但飞来的海鸥告诉安加拉河，有位名叫叶尼塞河的青年非常勤劳勇敢，安加拉河的爱慕之心油然而生，想追随叶尼塞河而去。贝加尔湖断然不许，安加拉河只好趁其父熟睡时悄然出走。贝加尔湖醒后痛苦不已，追之不及，便投下巨石，以挡住女儿的去路。可安加拉河已经远去，为了爱情，安加拉河嫁给了汹涌澎湃的叶尼塞河，向北向北，最终流入了北冰洋。

在故事中继续前行，我们看到了那块被称为“圣石”的巨石，没有想象中那样大，不过屹立在湖河分界处，中流击水浪花飞溅也很壮观。

贝加尔湖几乎是在没有征兆的情况下，突然出现。目之所及皆为蔚蓝，鸥鸟飞翔，水波不兴，湖岸线仿佛画框，将西伯利亚瑰丽的巨大蓝宝石——贝加尔湖镶嵌其中。

贝加尔湖是英文“Baykal”一词的音译，俄语称为“baukaji”，源出蒙古语，是由“saii（富饶的）”加“kyji（湖泊）”转化而来，意为“富饶的湖泊”，因湖中盛产多种鱼类而得名。根据布里亚特人的传说，他们将贝加尔湖称为“贝加尔达拉伊”，意为“自然的海”。湖形狭长弯曲，宛如一轮明月镶嵌在西伯利亚南缘。南北长636公里，相当于从莫斯科到圣彼得堡之间的距离，平均宽48公里，最宽处79.4公里，面积达31500平方公里。最深处有1620米，贝加尔湖聚集着全球淡水湖总蓄水量的五分之一。

俄罗斯作家契诃夫曾写道:“贝加尔湖异常美丽，难怪西伯利亚人不称它为湖，而称之为海。湖水清澈透明，透过水面像透过空气一样，一切都历历在目。温柔碧绿的水色令人赏心悦目。岸上群山连绵，森林覆盖。”

贝加尔湖水如琼浆般澄澈，有记载说湖水透明度可达40.8米。湖中有植物600多种，水生动物1200多种，其中四分之三为特有种群。贝加尔湖虽是淡水湖，但湖里却生活着许多地道的海洋生物，如海豹、海螺、龙虾等，据说湖中虾的种类就有255种。另外，还有两种完全是透明的贝尔鱼。贝加尔湖中有岛屿27个，最大的是奥利洪岛，面积约730平方公里。我们问轮船老大，到那个岛上要多久？他说，最少要20个小时。

贝加尔湖的大，由此可见一斑。

贝加尔湖也是世界上最古老的湖泊。湖底为沉积岩，第四纪初的造山运动形成了该湖周围的山脉，湖区地貌基本形成的时间迄今约

2500万年。贝加尔湖下面存在着巨大的地热异常带，火山与地震频频发生。据统计，湖区每年约发生大小地震2000次。贝加尔湖还有许多未解之谜。例如，湖水一点不咸，也就是说它与海洋不相通，但却生活着地地道道的海洋生物。又如贝加尔湖里长有热带的生物，像贝加尔湖藓虫类动物，其近亲就生活在印度的湖泊里；贝加尔湖水蛭在我国南方淡水湖里才能见到；贝加尔湖蛤子只生存在巴尔干半岛的奥克里德湖。

有人说，贝加尔湖在地下和北冰洋相连。想想吧，多么奇妙！也许那些海洋生物是从地底下潜泳来的呢。

湖堤旁是一排排售卖烤鱼的摊子。那种鱼尺把长，名叫秋白鲑。鱼皮是淡黑色的，身材像鱼雷一样修长而浑圆，看得出善遨游而且非常结实。肉质粉红，类似三文鱼。各个摊子的售价都是统一的，为40卢布，合人民币十二三元。导游告诉我们，它的大名叫秋白鲑，是贝加尔湖的特产，肉质鲜嫩刺少，就着伏特加酒下咽，别有一番滋味。据说，因为湖水冰冷，一条秋白鲑要9年才能长到十几厘米长。为了保护鱼类资源，当地政府对捕鱼许可证的发放非常严格，此鱼严禁出口，只有到贝加尔湖才能品尝到这种美味。

我相信其言不虚，因为临走的时候，万尼亚单买了几条鲑鱼，说是留着回家再吃。看来就是在伊尔库茨克市里，这鱼也属珍品。

不过平心而论，虽然秋白鲑毫无腥气，但因为摊贩基本上不用任何调料，连盐都很吝啬（估计是为了保持原汁原味），这样除了鱼本身的味道外，对喜欢咸香麻辣的中国人来说，就略显寡淡了。我在岸边照了一张大吃鲑鱼的照片，拿回家给人看，都说我像一个原始人。其实，很多人一边拎着酒瓶子一边吃鱼，模样比我饕餮多了。

我们上了一条小游轮。游览贝加尔湖是自费项目，每人600卢布，约合人民币200元。游轮向贝加尔湖深处驶去，很快周边的景色就退向远方，只剩下碧蓝的湖水和天上变幻莫测的白云。

太大的湖和海就没有什么分别了。最大的分别也许是湖水更清澈，看着湖底的水草，会产生一种错觉。想起安徒生童话《海的女儿》，说水面像最蓝的矢车菊花瓣，在这晶莹剔透的湖底，一定隐藏着另外一个世界。

万尼亚从船舷摘下一个水桶，把桶抛下，荡起绳子。水桶折着筋斗翻进湖中，盛满水后被拔起来。万尼亚举着滴滴答答落着水珠的水桶对大家说，请，喝吧。

我们说，就这样喝？

记得在莫斯科，导游再三告诫我们，俄罗斯的自来水是不能直接饮用的。在饭店买一瓶水，要合人民币近20元。我们基本上已经习惯了每天为自己的饮水支付款项，现如今一下子看到如此多的免费洁净水，受宠若惊将信将疑。

万尼亚说，贝加尔湖中心的水是可以直接饮用的，非常洁净。在盛夏，水温也只有3摄氏度，冰镇的，矿泉水。

我们就一仰脖，咕咚咚喝下去，果真甘美如泉。

我和万尼亚站在船边看天上的流云。万尼亚说，我很想请教您一个问题。

我说，您尽管说。如果我知道，一定告诉您。如果我不知道，这船上还有那么多人，我可以帮您问问大家。

万尼亚是个30岁出头的小伙子，汉语说得不错，去过中国。他说，我的问题是，为什么你们中国人对贝加尔湖情有独钟呢？

我说，你知道我们汉代的苏武牧羊吗？

他说，知道。说到这里，他手搭凉棚眺望天边，蓝色的眸子反射出天空的白云。他说，每次来到贝加尔湖，就会想，当年你们的苏武，在这里的哪个地方牧过羊呢？

大地苍凉。是啊，他一个外国人在想，我这个中国人更要想了。

苏武牧羊的“北海”并非大海，而是我们脚下的这个贝加尔湖。汉代称为“柏海”，元代称为“菊海”，18世纪初的《异域录》称为“柏海儿湖”，《大清一统志》称为“白哈儿湖”。蒙古人称为“达赖诺尔”，意为“圣海”。

贝加尔湖周边是无尽的山脉和丘陵，历史上这里曾是中国北方部族的主要活动地区。现在是盛夏时分，正是这里最好的季节，在船上还感到沁骨的寒意。一过了9月，严寒就奔驰而来。秋天，湖畔在零摄氏度左右，而周围山峰和盆地零下30~40摄氏度，巨大气压差形成强大的风暴——贝加尔季风。到了冬天，更是锥心刺骨的寒冷。据当地人说，温度可达零下50摄氏度。如果你走到外面猛地呼吸一口冷空气，那你就对自己的呼吸系统的分布有了最形象的了解。你会知道腔子里所有的气管走向，每一个肺泡都变成冰珠子。贝加尔湖湖面就是一整块巨冰，把天地万物的每一丝暖气都吸入脏腑，几米深的积雪将所有的地方都覆盖成一片银白。

在这样苦难恶劣的气候下，苏武待了19年。合两个抗日战争加上一个解放战争。戏文中唱道：

雪地又冰天，苦守十九年。
渴饮雪，饥吞毡，牧羊北海边。
心存汉社稷，旄落犹未还，
历尽难中难，心如铁石坚。
夜坐塞上时听笳声入耳痛心酸。

转眼北风吹，群雁汉关飞。
白发娘，望儿归，红妆守空帏。
三更同入梦，两地谁梦谁，
任海枯石烂，大节总不亏。
宁教匈奴惊心破胆共服汉德威。

苏武是公元前1世纪汉朝人，当时中原地区的汉朝和西北的匈奴关系时好时坏。公元前100年，匈奴政权新单于即位，汉朝皇帝为了表示友好，派遣苏武率领一百多人，带了许多财物，出使匈奴。不料，就在苏武完成了出使任务，准备返回自己的国家时，匈奴上层发生了内乱，苏武一行受到牵连，被扣留下来，要求他们背叛汉朝，臣服单于。最初，单于派人向苏武游说，许以丰厚的俸禄和高官，苏武严词拒绝了。匈奴见劝说没有用，就决定用酷刑。正值严冬，下着鹅毛大雪。单于命人把苏武关入一个露天的大地窖，断绝提供食品和水，指望着可以改变苏武的信念。时间一天天过去，苏武在地窖里受尽了折磨。渴了，他就吃一把雪，饿了，就嚼身上穿的羊皮袄。受尽刑罚濒临死亡的苏武仍然没有丝毫屈服的表示，单于只好把苏武放出来。单于看到软硬兼施对苏武都没有希望，又不想让他返回中原，就把苏武流放到西伯利亚一带。单于对苏武说:“既然你不投降，那我就让你去放羊，什么时候公羊生了羊羔，我就让你回到中原去。”

苏武被流放到了人迹罕至的贝加尔湖边，唯一与苏武做伴的，是那根代表汉朝的使节棒和一小群羊。苏武每天拿着这根使节棒放羊，心想总有一天能够拿着它回到自己的国家。这样日复一日，年复一年，使节棒上面的毛都掉光了，苏武的头发和胡须也都变白了。19年后，当初下命令囚禁他的匈奴单于已然老死，新单于执行与汉朝和好的政策，汉朝皇帝立即派使臣把苏武接了回来。苏武受到热烈欢迎，从政府官员到平民百姓，都向这位富有民族气节的英雄表达敬意。苏武回国后，一直保持着吃羊肉棒骨喝羊肉汤的饮食习惯，不知道是不是这种食谱的好处，让受尽苦难的苏武居然活到了80多岁。要知道，这在人生七十古来稀的时代，可是个惊人的寿数呢！

万尼亚说，苏武牧羊就在此地，那个时候，还不是你们的国家啊。

我说，那时这里是匈奴的地盘，匈奴后来也成为了中国的一部分啊。

万尼亚说，好吧。就算是这样吧，但现在贝加尔湖是我们的。

我无言。

是的，现在，贝加尔湖不是中国的。这也是千真万确的。我们只有尊重国境线。

想起一件往事。有一次，在北京会见蒙古国作家团。友好气氛中，作家团的团长说，我们代表蒙古国作家，送给你们一件礼物，是一张画在皮革上面的画。说着，就展开了一幅尺把长的皮画，上面绘着一位身穿蒙古服装的英武汉子，面如重枣，稀疏的胡须被归纳成几绺垂在下颌上。

蒙古作家团团长说，这就是我们民族伟大的英雄和开国元勋……中国作家很尊敬地走过去瞻仰。团长说……他就是成吉思汗。

当时就想起了鲁迅先生那段著名的论述——到底是他们的汗还是我们的汗呢？

当然先是他们的汗了。

扯远了，还是回到贝加尔湖吧。

贝加尔湖是美丽的，也是珍贵的。凡是美丽而珍贵的东西，都应该珍惜。在俄罗斯，作家是保护贝加尔湖的重要力量，其中最突出的是著名作家拉斯普京。

当年我读文艺学研究生的时候，就很喜欢拉斯普京的作品，喜欢那种对人生绝境的从容不迫的描述，并在这种描述中彰显出人性的顽强和坚忍。

瓦连京·格利高利耶维奇·拉斯普京（1937—　）是俄罗斯当代著名作家。他的小说以浓厚的西伯利亚乡土气息和对人与传统主题的深刻开掘而著称于文坛。比如他的作品《告别马焦拉》，就是很有代表性的作品。在参观小木屋博物馆的时候，我就在想，这里面有没有一座木屋，是来自马焦拉呢？

小说写的是安加拉河上一个小岛——马焦拉即将因一座大型电站的建设而被淹没，由此引发出人们搬迁时的种种情感冲突。有一位俄罗斯老大妈叫达丽娅，古老的木屋就要被水淹没了，达丽娅拎着小桶，艰难地粉刷着自己的小木屋。年轻人大惑不解，觉得何必要徒劳无益地粉刷房屋呢，它们就要消失于波涛中，粉刷还有什么意义呢？殊不知在对故土怀有深情厚谊的人心中，每一座小木屋都是有灵魂的。维系村民与马焦拉联系的是那种似乎说不清、道不明的，但又深深熔铸于人们血肉之中的传统，一种有价值的精神和道德的脐带。“马焦拉”不仅仅是一个小岛，而且是小说中村民们得以劳作、生息，有着种种无法割断的精神文化联系的母亲大地，而且也是俄罗斯民族传统根基的象征，具有强烈的象征意义。作者并不是简单地写“乡土恋情”，而是深刻地揭示了历史、传统和民族意识对于当代人的意义，并提醒处在高科技时代的人们要“注意人类生存的根基”，要“珍惜地搬迁”。

拉斯普京也以此表达了深深的忧虑。在历史蜕变中，很多民族传统中有价值的东西被冷落、遗弃，乃至无情斩断……告别马焦拉，是一首悠长的挽歌，和着贝加尔湖的波浪，在水中激起不息的涟漪。

拉斯普京直言不讳的批评，成了某些人的眼中钉和肉中刺。黑暗势力对拉斯普京的仇恨，居然演变成了血腥的暴力，1980年寒冷的冬天，拉斯普京遭到了惨无人道的暗算，就在位于伊尔库茨克的公寓外面，他被五个人用凶器打得皮开肉绽鲜血横流。当人们发现拉斯普京的时候，还以为他已经死了。经抢救拉斯普京终于活了过来，眼睛几乎失明了一年，脸部做了多次的整容手术。

在伊尔库茨克城里漫步的时候，我常常不由自主地想，哪一栋房屋是拉斯普京喋血之地呢？一个作家，为了捍卫自己的感情和理念，居然要付出这样深重的代价，在意料外也在意料中。我在北师大读书时导师曾说过一句话：作家其实是一个充满了危险的职业，因为你要说真话。你选择了这一行，就要决定做一个勇士。

拉斯普京是一个勇士。伤愈之后，他依然毫不退缩地投入到保护贝加尔湖的事业中。他对人说，总有一种“做得太少，为时太晚”的感觉。记者曾问过他：“你是否觉得这种原始的西伯利亚古老民族的传统应当受到保护？”

拉斯普京点点头，说：“要是我们过去多注意一点他们的传统，今天的贝加尔湖就不会遇到这么多的麻烦。”说到这里，他深深吸了口气，接着说：“所以，我们要注意优先保护当地的传统，包括思想传统、文化传统、民族传统，因为没有这些传统，人类将无法保护其生存环境。”

贝加尔湖的保护得到了越来越多的重视，但拉斯普京认为，有些保护贝加尔湖的决议仍然是模棱两可的，治标不治本的，主管部门可以随意解释或是延误执行有关的决定，或者对存在的问题采取文过饰非的态度。拉斯普京说：“当大家反复看到这种口头上热爱自然，而行动上破坏自然的口是心非的现象时，便会滋生一种厌恶的麻木的无动于衷的心态。国家是否真的具备长期的生态政策，当前主要体现在贝加尔湖的问题上。”

官僚主义换汤不换药的措施终于激怒了群众。伊尔库茨克地区党和政府1987年4月1日通过一项决议，说是为了保护贝加尔湖，计划投资一亿四千万卢布，立即修建一条长达76公里的管道，把污水排到伊尔库特河。为了修建这条管道，需要穿过一片原始林，砍掉12~15公里的树。伊尔库特河畔有一个很美丽的村庄，首先是这个村庄的居民强烈反对把污染转移到这个地区来，接着是科学家、作家、记者在报刊上发表文章，反对这个不明智的决议。他们把这个排水管方案称作林业造纸工业部门的“特洛伊木马”，是转嫁污染，也是不真正解决贝加尔湖问题的一个埋伏。大学生们更是走上广场、街头、车站，到处发表演说，组织签名，掀起了一场保护贝加尔湖的运动。开始公安部门认为他们是极端分子，恣意闹事，横加干涉，还抓了几个人。

这下更激起了人们的不满，事态扩大了。签名者越来越多，达7万多人。连铺设管道的工人，也被说服自动罢工了。开始地区领导还想坚持原来的决议，邀集一些专家学者来论证这项措施，希望能为铺设管道找到一些科学论据。没想到专家学者们一致反对。他们认为铺设管道，不仅毁掉了伊尔库特河，而且注入安加拉河以后，会使西伯利亚这条著名的已被污染的河流问题更为严重。同时，铺设管道丝毫不能解决造纸厂的空中污染问题，废气照样在毁坏周围的森林及其生态系统。再说，国家拿出巨额资金来修建这项环境效益不大，而又增加了新的破坏的工程，为什么不用这笔钱来加快造纸厂的转产改造呢？各方面的压力终于迫使政府重新做出决定，取消铺设管道的计划，把建设管道的资金用于污水治理，并把污染严重的造纸厂逐步转产为家具厂；同时对保护环境做出了新的规划。为了减少空气的污染，逐步用电力和煤气代替冒烟排尘的锅炉。

以上啰啰唆唆地写了这个故事，看似和风景无关，其实相连。我们今天还能看到的一尘不染的贝加尔湖，并非只是天然的恩赐。贝加尔湖也曾面临过肮脏的污浊，只是由于人民的力量，湖水才依然清澈。

航行至贝加尔湖深处，万尼亚拿出几个小戈比，发给我们一人一枚。我们说，干什么用呢？

万尼亚说，看我的。说着，他就一扬胳膊，把戈比投向远远的湖水。他说，把硬币交给贝加尔湖，然后许一个愿，不要讲出声来，就放在你心里。贝加尔湖会听到的，他会帮助你实现愿望。很灵的。

我们感谢他的好意，依次把手中的戈比投向贝加尔湖。

我的那枚硬币划出一个流畅的弧形，边缘如切割圆木的轮锯，划开贝加尔湖水晶般的湖面，缓缓降入。正好轮船的航向略有改变，经过硬币沉没的地方。贝加尔湖的水非常清澈，我看到那枚褐红色硬币在碧绿的水草中漂荡，衬着垩白色的湖底岩石，宛如大幕前舞蹈的精灵。

至于我的那个愿望，不告诉你。只有贝加尔湖知道。

旅行使我们谦虚

由于工作的关系，常常旅行。旅行比居家的时候辛苦，这是不消说的。中国有句古话——在家千日好，出门一时难，说的就是这份不易。但时间长了，待在家里，筋骨锈了，就会生出一份隐隐的焦灼，迫不及待地想到外面走走。

是什么诱惑着我们放弃安宁和舒适，离开温暖的家，在某一个清晨或是深夜，毅然到遥远的他乡去了呢？当然，很多时候，是为了谋生，为了无法推卸的责任和理由。但是，随着温饱的解决，我们越来越多自觉自愿地选择了——人在旅途。

一次，我应邀到国外访问。在规定的活动完结之后，主人很热情地让我挑选一个完全自由的项目，以便我可以更深入地了解这个国家。我想了想，提笔写下了：乘坐火车或是长途汽车，在大地上旅行。主人看了看那张纸说，好，我们很乐意满足您的要求。只是，您的目的地是哪里呢？您究竟要到哪里去呢？

我说，没有目的地。不到哪里去。坐着车在土地上行走，就是目的，就是一切了。

我固执地认为，要真正认识一个国家，一个民族，一块土地，一处山水，你必得独自漫游。

旅行使我们谦虚。飞驰的速度，变换的风景，奇异的遭遇，萍逢的客人……这一切旅途中可能发生的事件，强烈地超出了我们已知的范畴，以一种陌生和挑战的姿态，敦促我们警醒，唤起我们好奇。在我们被琐碎磨损的生命里，张扬起绿色的旗帜。在我们刻板疲惫的生活中，注入新鲜的活力。

久久的蜗居，易使我们的视野狭小，胸怀仄斜，肌力减弱，肺廓扁平……这个时候，收拾好行囊，告辞亲人，踏上旅途吧。

珍惜旅途吧。火车上那些不眠的夜晚，凭窗而立，看铁轨旁一盏盏路灯，闪着紫蓝色的光芒，瞬忽而逝，许多记忆幽灵般地复活了。

人们常常在旅途中，猛地想起湮灭许久的往事，忆起许多故人的音容笑貌。好像旅行是一种溶剂，融化了尘封的盖子，如烟的温情就升腾出来了。

人们常常在旅途中，向相识才几个小时的旅伴倾诉衷肠，彼此那样深刻地走入了对方的精神架构。我甚至知道几位青年，竟这样找到了自己的终身伴侣。

有人把这些解释为——旅途使人们亲近，是因为没有利害关系。

我不同意这个观点。正是因为同乘一列车，同渡一条船，才使我们如此亲密。旅行使人性中温暖的那些因子，弥散开来。

旅途也有困厄和风雨，艰难和险阻。但是，这不会阻止真正的旅行者的脚步。旅行正是以一种充满未知的魅力，激起人们不倦的向往。

图书在版编目（CIP）数据

带上灵魂去旅行 / 毕淑敏著. -- 北京 : 北京十月文艺出版社，2021. 10（2025.5重印）
（毕淑敏散文集）
ISBN 978-7-5302-2132-7

Ⅰ. ①带… Ⅱ. ①毕… Ⅲ. ①散文集—中国—当代
Ⅳ. ①I267

中国版本图书馆 CIP 数据核字（2021）第 045991 号

带上灵魂去旅行
（毕淑敏散文集）
DAISHANG LINGHUN QU LVXING
毕淑敏　著

出　版　北 京 出 版 集 团
　　　　北京十月文艺出版社
地　址　北京北三环中路 6 号
邮　编　100120
网　址　www.bph.com.cn
发　行　新经典发行有限公司
　　　　电话（010）68423599
经　销　新华书店
印　刷　北京盛通印刷股份有限公司
版　次　2021 年 10 月第 1 版
印　次　2025 年 5 月第 2 次印刷
开　本　880 毫米 ×1230 毫米 1/32
印　张　7.5
字　数　140 千字
书　号　ISBN 978-7-5302-2132-7
定　价　39.80 元
质量监督电话　010-58572393
如有印装质量问题，由本社负责调换。

版权所有，未经书面许可，不得转载、复制、翻印，违者必究。